风中烛

Candle in the wind

[英] T.H. 怀特　著
聂绪芬　译

天津出版传媒集团
天津人民出版社

图书在版编目（CIP）数据

风中烛 / (英) T.H.怀特著；聂绪芬译. -- 天津：天津人民出版社, 2020.7（2024.4 重印）

ISBN 978-7-201-16030-6

Ⅰ.①风… Ⅱ.①T… ②聂… Ⅲ.①长篇小说－英国－现代 Ⅳ.①I561.45

中国版本图书馆CIP数据核字（2020）第094374号

风中烛

FENG ZHONG ZHU

出　　版　天津人民出版社
出 版 人　刘　庆
地　　址　天津市和平区西康路 35 号康岳大厦
邮政编码　300051
邮购电话　（022）23332469
网　　址　http: //www.tjrmcbs.com
电子信箱　reader@tjrmcbs.com
责任编辑　刘子伯
印　　刷　三河市海新印务有限公司
经　　销　新华书店
开　　本　650mm × 940mm　1/16
印　　张　11.5
字　　数　60 千字
版次印次　2020 年 7 月第 1 版　2024 年 4 月第 2 次印刷
定　　价　28.00 元

目　录

第一章………………………………………………… 001

第二章………………………………………………… 011

第三章………………………………………………… 019

第四章………………………………………………… 032

第五章………………………………………………… 050

第六章………………………………………………… 063

第七章………………………………………………… 068

第八章………………………………………………… 082

第九章………………………………………………… 102

第十章………………………………………………… 111

第十一章……………………………………………… 127

第十二章……………………………………………… 145

第十三章……………………………………………… 153

第十四章……………………………………………… 161

第一章

岁月的增长对阿格凡太无情了。他现在五十五岁，但事实上和他四十岁时的样子差不多。他总是糊里糊涂的。

相对于阿格凡，岁月对莫桀就温柔得多。这么多年来，这个冰冷而细瘦的男人看上去一点儿都没有变老。他的年纪让人捉摸不透，他那对蓝眼睛的深度和他那音乐般嗓音的抑扬顿挫也是一样。

此刻，这两个人所在的位置，就是卡美洛奥克尼宫里的方庭回廊，他们盯着栖息在阳光下的横木上的鹰鸟出了神。这座方庭回廊的门是一座新式的火焰型拱门，看上去优雅极了，而神态高贵漠然的鹰鸟在这个框架中异常醒目——这里有一只矛隼、一只苍鹰、一只游隼和她的雄隼以及四只小灰背隼。这四只小灰背隼养了整整一个冬天，好在活了下来。横木非常干净——如果喜欢户外运动的人要参与这种血腥的运动，小心隐藏兽性的痕迹就是他们的义务。所有的鸟儿都装饰着漂亮的绯色西班牙皮革和金工装饰，鹰鸟的皮带是用白马皮编成的，那只矛隼的皮带和系脚皮绳则用真正的独角兽皮裁制而成的，是对她一生地位的承认。她来自遥远的冰岛，他们唯一能为她做的也只是这件事了。

莫桀开心地说：“看在上帝的面上，我们赶紧走吧，这里简直臭死了。”

他说话的时候，那些鹰鸟虽然只是稍微动了一下，但它们身上的铃铛立刻就发出了清脆的声响，像人们的细语。人们费了好大劲儿才把这些铃铛从遥远的东印度带回来，更何况，那对铃铛还是纯银制作的。瞧，那只巨大的雕鸮正站在回廊阴影处的栖木上，它有时会被人们当成诱饵，而现在，一听到铃声，它的眼睛就睁开了。睁眼之前，它看上去就是一只填充猫头鹰，或者一团乱七八糟的羽毛，但这一切在那双眼睛睁开的一瞬间发生了变化，它变成了爱伦·坡笔下的生物，你压根儿都不想用正眼瞧它。它睁着血红的眼睛，杀气腾腾的，看起来可怕极了，就像一只蕴含火焰的红宝石，闪烁着耀眼的光芒。它叫大公爵。

“我没闻到什么气味啊。”阿格凡说。他用力地吸着鼻子，生怕漏过任何味道。但是，很遗憾，他什么都没闻到，因为他那块负责嗅觉与味觉的上颚早就失灵了，而且，他头疼，疼得要命。

“是‘运动’的臭味，”莫桀在话里加上了引号，“当然，还有‘妥当行事’和‘好人’的臭味。走，我们去花园吧。”

阿格凡坚持要捡起他们之前的话题。

“何必为了这种事心烦呢？”他说，“我们能够分辨是否对错，别人却不行。可是，谁会听我们的呢？”

“不听也得听，这可由不得他们，”莫桀眼睛上的小斑点燃烧着蓝绿色的熊熊火焰，和猫头鹰的眼睛一样亮晶晶的。他不再是那个肩膀曲斜、衣着华丽的浮夸男子，反而摇身一变，成了一切的根源。在这一点上，他在心里发誓，绝不会和亚瑟妥协；也可以这样说，他和那个英格兰人彻底闹翻了，成了死对头。他变成了天下无敌的盖尔人，他的祖先可是比亚瑟一族更古老、更奥秘的灭绝民族。如今，当他憎恨起一切的根源时，亚瑟的新法看上去既中产阶级，又愚钝可笑；与匹克特人原始而野性的智慧相比，充其量不过是一种愚蠢的自我满足。他唾弃亚瑟时，他的母系祖先像商量好了似的一起来了，在他脸上显现得淋漓尽致。那些祖先的文明和莫桀一样，都来自母系家族，生活习性基本相同，比如，骑无鞍马、驾双轮战车、在战斗时讲究策略，还喜欢用敌人的头颅装饰自己阴森恐怖的堡垒。他们留着长头发，长得凶猛可怕，曾有一位古代的作家是这样他们行军的模样的："手中持剑，拼命与奔涌的河水或暴风雨中澎湃的海洋对抗。"如今，他们的民族性成功地遗传给了爱尔兰共和军身上，而不是苏格兰民族主义分子，他们疯狂地残杀地主，却对那些地主被杀一事骂骂咧咧的。在这个民族中，任何不可思议的事情都会发生，比如，只是因为林查洪咬掉了戈尔家族一个女人的鼻子，他们就把他当成了举世无双的大英雄。火山爆发后，他们不得不举家搬迁到世界遥远的角落，心中充满了恶毒的牢骚和自卑，以至于时至今日，他们仍然毫不保留地展示着他们骨子里那可笑又可怜的自大。作为天主教徒，只要教宗或圣徒（亚德里安、亚历山大或圣杰罗姆）的政策让他们不满意，他们就会毫不犹豫地当着圣徒的面掉头走人；这些自诩为遗产守护者的人暴躁而野蛮，动不动就歇斯底里，所以饱受责难。很久很久以前，这个野蛮、狡猾的民族拼命反抗，最终还是屈服在以亚瑟为代表的外来者的权威之下。

而这就是这位父亲和儿子之间一道永远过不去的坎儿。

阿格凡说:“莫桀,我想和你好好聊聊。好像没地方坐了,那就坐那东西上面吧，我坐在这里。我们今天的谈话绝对保密，不会有人听到。”

“听到了也无所谓,我不在乎。我就是故意让他们听到的。我觉得，这事就是要大声地喊出来，而不是像现在这样偷偷摸摸地说。”

“放心好了，这些悄悄话早晚会人尽皆知。”

“不，绝对不会的。他们会替我们保守这个秘密的。他对我们的谈话一点儿兴趣都没有,所以就算我们有什么秘密,他也会充耳不闻。你当了这么多年的英格兰王，一定对虚伪行事了如指掌。”

阿格凡敏感地察觉到，气氛变得有些尴尬。他和莫桀一样，也恨国王，但这种恨意远远没有莫桀那么真实。其实，他特别排斥的仅仅只有蓝斯洛一个人。他的态度更像是随机的恶意。

“我觉得，因为过去发生的事而抱怨没有任何好处，”他阴郁地说，“如果所有的事都这么复杂，加上年代久远，让其他人站在我们这一边简直比登天还难。”

“这事的确过去太久了,但不管怎么样,亚瑟是我的父亲,而且他想把自己的亲生儿子放在船上顺水漂走，这个事实永远无法改变。”

“对你而言，可能是什么都改变不了，”阿格凡说，“对其他而言就未必如此。这件事实在太混乱了，根本没有人会当回事，你总不能期待所有人都记得那些祖父或同母异父姐姐之类的事吧？不管怎么样，现在已经没有人会为了私仇而开战，而你需要的那种民族仇怨必须和政治挂上钩，而且是眼看着就要破土而出那种，你必须用上那些唾手可得的工具。就拿那个约翰·鲍尔来说，他的支持者有几千个，他们各怀鬼胎，但只要他一声令下，随时会在暴动中得到他们的援助。还有撒克逊人，我们能以支持民族主义运动为借口而成为他们中的一员。总之，我们的借口必须同时满足两个条件：第一，广泛而普遍；第二，能让所有人感同身受。也就是说，我们所反抗的对象必须具有相当广泛的群众基础，比如，犹太人、诺曼人或撒克逊人，这样才能让大家义愤填膺。我们可以当原住民的领袖，向撒克逊人声讨正义；也可以当撒克逊人的领袖，把诺曼人当成自己的死敌；还可以率领农奴，立志于推翻上流阶层的统治。我们要有一面旗帜，以及一面徽章。你可以用希腊字母，也可以学其他民族主义的样子。但如果只是你和老人之间的个人恩怨，那就一点儿用都没有。不管你作何选择，在具体行动前，你都要花半个小时弄清楚状况，在屋顶上大吼大叫也是如此。”

“我可以大声嚷嚷，我母亲是他姐姐，所以他想让我淹死。”

“都行。”阿格凡说。

那只雕鸮醒过来前，他们一直在回忆他们家族早年遭受的痛苦：亚瑟的父亲强占了他们的外祖母伊格莲；盖尔族与高卢族的宿怨由来已久，这是他们那只母兽在古老的洛锡安灌输给他们的。就阿格凡的冷血来看，这些不公义的事实在是太久远、太混乱了，根本无法当成对付国王的武器。他们正在聊最近遭受的屈服——亚瑟与自己同母异父的姐姐有了私情，却想要以杀死私生子的方法来掩饰自己的罪行。这个武器足够强大，但问题是，莫桀就是那个私生子。这位兄长很狡猾，作为亚瑟的儿子，以私生子的身份号召人们推翻自己的父亲绝非易事。而且，亚瑟早就让所有人保守这个秘密，而现在莫桀重提此事，算不上是个好主意。

他们默默对坐，盯着地板。阿格凡的身体不太好，两只眼睛底下的眼袋都非常突出。莫桀还是瘦得和竹竿一样，眼下非常流行这种体型。他的装扮一向很夸张，这是他最好的伪装，将他衣服底下歪斜的肩膀藏得严严实实的。

他说："我不觉得这件事有什么好炫耀的。"

他痛苦地看着同母异父的哥哥，眼睛里的弦外之音差点就溢出来了。他用他的眼睛说："那就看看我的驼背吧，我有什么理由觉得自己的出生是一件光彩的事呢？"

阿格凡突然站了起来，显得非常不耐烦。

"总之，让我喝一杯吧。"他一边说，一边拍手叫来见习骑士，并颤抖着手指横在眼皮上，疲倦地站着，一脸嫌恶地看着那只猫头鹰。酒来的时候，莫桀不屑地看着他。

"要是你去耙那堆老粪，"阿格凡说，香料甜酒让他清醒了一些，"你肯定会把自己弄得臭烘烘的。记好了，这里不是洛锡安，而是亚瑟的英格兰，而他深受英格兰人的爱戴。你将面对两种境况，要么他们拒绝相信你，要么他们就算相信你，但受到责备的人是你而不是他，因为这件事因你而起。我敢肯定，这场谋反行动不会得到一个人的响应。"

莫桀看着他。此时，他和那只鹗一样恨透了阿格凡，并暗暗谴责他的懦弱。他忍受不了自己的复仇大计被人破坏，只好在脑子里发泄对阿格凡的恨意，并告诉自己，这个同母异父的哥哥只是家族里一个喝醉酒的叛徒。

阿格凡察觉到这一点后笑了，这时，为了自我安慰，他已经喝了半瓶酒。他拍着莫桀正常的那一边肩膀，要这个年轻人帮他把酒倒满。

“喝吧。”他说，然后发出了要怕的笑声。莫桀喝着酒，仿佛一只被下了药的猫。

“你听说过吗，”阿格凡开玩笑地问，“一个叫蓝斯洛的圣人，他非常厉害。”

他眨了眨一只泡泡眼，一脸仁慈地俯视着莫桀的鼻子。

“接着说。”

“我想，你肯定知道那位英勇的骑士。”

“当然。”

“我们两个都被这位了不起的绅士打败过，我想应该没错吧？”

“我第一次被蓝斯洛打下马，”莫桀说，“发生在很久很久以前，久到连我自己都记不清楚了。然而，那又有什么意义呢？有人用一棍子把你打下马，就说明他比你优秀吗？”

莫桀本来很激动，但是一提到莫桀，就突然变得无所谓，而阿格凡一开始有些不情愿，现在却越说越欢，这实在是太奇怪了。

“太对了，”他说，“而且我们这位高贵的骑士一直和英格兰王后相爱。”

“王后是蓝斯洛的情妇的这件事，在大洪水之前就世人皆知，但是那又怎么样呢？国王自己也知道。我听说，有人告诉过他三次。我不知道我们能想出什么办法。”

阿格凡把手指放在鼻子旁边，仿佛一个醉醺醺的风笛手，然后，他摇了摇弟弟的手指。

“确实有人告诉过他，”他说，“但是没有明说。他们一直在暗示他，比如，在盾面画上有双重含义的图案，或只有对丈夫忠贞不渝的妻子才能用的角杯。但是在宫廷里，从来没有人当年跟他说过。梅里亚格兰斯所作的指控只是概括性的，而且还是在战斗审判时说出来的。设想一下，在新法制度下，如果我们直接指控蓝斯洛，会是什么结果？这样的话，国王就必须去调查。”

莫桀的眼睛亮了，和那只鸮的眼睛非常像。

“啊？”

“据我分析，分裂是唯一的可能。蓝斯洛是亚瑟的司令官和军队的灵魂人物，亚瑟非常仰仗他。蓝斯洛是他的权力来源，因为众所周知，残暴的力量无人能敌。但只要我们利用王后而让亚瑟和蓝斯洛产生矛盾，他们的力量就会分裂。接下来就是你尽情施展手段的时候了，然后，罗拉德派、民族主义分子和所有对此不满的乌合之众就会迫不及待地亮相，最后，你就可以好好地谋划你的复仇大计了。”

“我们可以让他们分裂，是事实上，让他们分裂的是他们自己。”

“但这样做的意义绝不止于此。”

“这意味着，我们康瓦耳人会为外祖父报仇，我则是在为母亲讨说法。”

“……而且，稍微动动脑筋就行，用不着硬碰硬。”

“意思就是，我可以为我自己向那个男人复仇，因为他当初连还是婴儿的我都不肯放过……”

“……这并不难，把他干的好事昭告天下，再小心点儿就行了。”

“暗算大名鼎鼎的蓝斯洛……”

“……暗算蓝斯洛！”

情况如下（这可能是最后一次详细解说）：亚瑟的父亲杀了康瓦耳伯爵，因为他想霸占那个男子的妻子。伯爵被杀那天晚上，不幸的伯爵夫人怀孕了，那个孩子就是亚瑟。亚瑟出生得太仓促了，让许多婚丧喜庆的习俗措手不及，所以被秘密地送到野森林城堡，由艾克特爵士抚养。在十九岁以前，他对自己的身世一无所知。那时，他认识了摩高丝，却不知道她就是他同母异父的姐姐，是伯爵夫人和已经死去的伯爵的孩子。当时，摩高丝已经有了四个孩子，分别是加文、阿格凡、加赫里斯和加瑞斯，她的年纪比这位年轻国王大了一倍——不可思议的是，她成功地引诱了他。莫桀就是他俩的孩子，他一直生活在蛮荒遥远的外岛，陪伴他的只有母亲一人。他比家族里其他成员小得多，所以在成长的过程中，只有他一个人陪着母亲。其他人早就飞到了国王的宫廷——他们不是为了荣华富贵（因为那里是全世界最伟大的宫廷），只是想逃离他们的母亲。可怜的莫桀被留了下来，忍受她的控制，与她心中对国王的怨恨为伴——她的怨恨既来源于祖先，也与个人情感脱不开干系。因为，虽然她设计引诱了青年时期的亚瑟，但他逃走后和桂妮薇结婚了，并安定了下来。摩高丝则带着那个被留在身边的孩子，日夜在北方盘算着，她一门心思地将母亲的力量倾注到那个驼背的孩子身上。她有时非常爱他，有时又会对他视而不见，她就像是一只贪婪的肉食动物，生命里只有狗、孩子和情人对她的爱。最后，一个儿子因为嫉妒而砍掉了她的脑袋，因为他将七十岁的她和一个叫拉莫瑞克的年轻男人捉奸在床。她被暗杀，莫桀也不能免责，生活在可怕家庭的爱与恨之间，他的心里有数不清的困惑。如今，在宫廷里，为了隐瞒他的身份，他父亲可谓费尽了心思。这个不幸的年轻人发现，他对人们来说只是加文、阿格凡、加赫里斯和加瑞斯的弟弟，他还发现，母亲要他憎恨的国王父亲，却总是对他很和善；他意识到，对一个简单直接得过分、拒绝接受纯粹智力评判的文化而言，他虽然残缺，却聪明而好批评；最后他发现，他骨子里的北方文化，与南方愚钝的道德文化水火不容。

第二章

帮阿格凡爵士拿香料甜酒的是一名见习骑士，瞧，他正从回廊门走进来。他恭恭敬敬地鞠了两次躬，看上去非常夸张（见习骑士成为候补骑士之前都必须行这种礼仪，是骑士修行过程中的必经过程），然后扯着嗓子说："加文爵士、加赫里斯爵士、加瑞斯爵士到！"

紧跟在他身后的是那三兄弟，正大声地讨论着户外活动和各自的近况，聊得热火朝天。也就是说，现在整族都来齐了。他们都是有家室的人，但现在被塞在什么地方了，谁都没有见过，而这群兄弟也已经很久没见过彼此了，只有莫桀例外，他是一个光棍儿。他们聚在一起的时候总是乐此不疲地做些很幼稚的事，但不得不承认，这些事都挺可笑的，至少不会让人反感。

走在队伍最前面的是加文，他是整个家族的"老大"，瞧，他的拳头上站在一只隼，身上的羽毛还没有成熟呢。这个身材魁梧的家伙原本顶着一头醒目的红发，如今却已经斑白，耳上的毛发则和雪貂的颜色差不多，带点黄，但很快就会变成白色。加赫里斯长得和他非常像，换句话说，在诸多兄弟中，加赫里斯和他是最像的，但仅仅只是外表像，他们之间的区别还是非常明显的，比如，加赫里斯的个性比较温和，头发也没那么红、身材没那么壮实、体格没那么魁梧，更重要的是，个性没那么顽固。说实在的，他脑袋有些不灵光。在所有纯正奥克尼血统的兄弟中，加瑞斯是最小的，身上处处散发着青春的气息。他走路的时候蹦蹦跳跳的，像兔子一样，仿佛正在享受生命的愉悦。

“啧！”门后响起了加文粗哑的声音。“喝酒已经开始了吗？”他还有很明显的外岛口音，一直对纯正的英语非常排斥，但是已经不再用盖尔语思考了，虽然并不情愿，但不管怎么样，他的英语还是很大的进步。他比以前更老了。

“这个嘛，加文，没错。”

阿格凡知道有人对他这番午前小酌不满意，于是有礼地问道：“你今天还好吗？”

“还行。”

“今天真是棒极了，”加瑞斯说，“我们带她去和蓝斯洛的游隼一起作高空猎击，她确实很聪明，打死我也没有想到，没有袋狐，她同样可以做到。加文把她调教得真棒，毫不犹豫就往下扑，不知道的人还以为她一直以那只苍鹭为目标呢。她先是优雅地绕着白堡旁新堆的干草飞了一圈，然后在朝圣路的加尼斯侧抢到他的上方。她……”

加文看见莫桀故意打起哈欠来，于是说：“你还是把那口气省下来吧。”

“这趟飞行可真不错！”他得出了一个说服力明显不足的结论，“既然她有抓猎物的本事，我们为什么不给她起个名字呢？”

“你是怎么叫她的？”他们自降身份地问道。

“她来自蓝迪，那就干脆以蓝斯洛为她命名吧。蓝斯洛妲怎么样？我敢保证，她一定会是只一等一的游隼。”

阿格凡一边眯着眼睛看加瑞斯，一边慢吞吞地说：“那还是叫她桂妮薇吧。”

加文从中庭走了回来，他刚把那只游隼放在她的栖木上。

“行了，闭嘴吧。”他说。

“如果我说错了，请原谅。”

“说对还是说错，我一点儿也不关心。我只是想让你闭嘴。”

“加文真的是一位‘了不起的骑士’，”莫桀自言自语地说，“要是谁说了什么不好的话，肯定会惹祸上身。瞧瞧，他多强壮啊——再说，他在模仿伟大的蓝斯洛爵士。”

那名红发男子转过身来，威严地看着他。

“强壮倒说不上，兄弟，而且我从来没有利用这点优势的打算。我唯一的愿望就是我的人民为人正派。”

“当然，”阿格凡说，“和国王的妻子睡觉是正派，而且，就算我们的家族被国王的家族击败，我们的母亲怀了国王的孩子，国王却想亲手淹死她，这也是正派。”

加赫里斯并不认同阿格凡的话，大声抗议道：“亚瑟不是对我们挺好的吗？求你了，别再发这样的牢骚了。”

“哼，他对我们好，是因为他怕我们。”

“亚瑟怕我们？我们有可什么怕的？”加瑞斯说，“我们都很清楚，蓝斯洛是他的人，而且是全世界最伟大的骑士，可以打败任何人。你说呢，加文？”

“嗯，就我个人而言，还是不要谈这件事了吧。”

加文的口吻非常高傲，这彻底激怒了莫桀，他突然爆发了。

“好极了，但是我想谈。在长矛比试上，尽管我是一个差劲的骑士，但为了我的家族和权益，我愿意付出一切。我不是伪君子，王后和最高司令官是一对，这件事宫廷里所有的人都知道。我们应该做纯洁的骑士，保护贵妇人是我们的职责，但是除了那个所谓的圣杯，所有人都对其他事闭口不谈。阿格凡和我打算立刻就去找亚瑟，在宫廷里所有人的面前，把王后和蓝斯洛的事问清楚。”

“莫桀，”氏族首领大声说，“千万不要这样做！这是对国王的大不敬。”

“别浪费口水了，他肯定会去，”阿格凡说，“而且，我们会一起去。”

加瑞斯陷入痛苦和吃惊的情绪中无法自拔。“他们说的是真的。”他的语气非常肯定。

讶异平息之后，加文率先采取行动。

“阿格凡，我是一族之首，我命令你不要这样做。”

“你命令我不要这样做。”

“你没听错，我命令你不要这样做。如果你非要这样做，你就会变成一个可悲的笨蛋。”

“在老实的加文眼中，”莫桀评论道，“你是个可悲的笨蛋。”

这回，那个人高马大的家伙像受惊的马一样，转向他。

“我可没这么说过！”他气急败坏地喊道，“你这个驼子，你再占我便宜，小心我揍你。如果你再嘲笑我，我绝对不会轻饶你，疯子。”

莫桀清楚地听见了自己冷冰冰的声音，仿佛是从他耳后传来的。

“加文，你吓到我了。真没想到，你什么时候变得这么有见地了？”

当那个巨人朝他走来的时候，同样的声音再次响起：“尽管来吧，来打我啊，让我们见识一下你的勇气。”

“好了，住口，莫桀，”加瑞斯恳求道，“一会儿就行。求你了，不要再找别人的麻烦，行吗？”

“要不是因为你们蛮横无理，”阿格凡插嘴道，“莫桀怎么可能像你说的那样找别人的麻烦呢？”

加文一点就着，像新式大炮一样爆发了。他转身背对着莫桀，愤怒地对着他俩破口大骂，就像一只中了圈套的公牛。

“我的灵魂肯定是被魔鬼偷走了。你们能不能安静点，离我远远的？我们这个家族为什么就是不能有片刻的安宁呢？以上帝之名，收起你的阴谋诡计，赶紧将蓝斯洛爵士的可笑闲话抛到九霄云外吧。”

“这一点儿也不可笑，”莫桀说，“而且，我们也不会忘记。”

他站了起来。

“那么，阿格凡，”他问，“我们去找国王吧。还有谁要去吗？”

加文挡住了他们的去路。

“莫桀，千万别去。”

“谁想阻止我？”

“我。”

“真是勇敢。”冷冰冰的声音再次在空中某个地方响起。接着，这个驼子挪动脚步，想要绕过他们。

加文伸出指背上覆盖着金色毛发的红色大手，一把将他推了回去，就在这时，阿格凡也伸出肥胖的白色手掌，重重地按住了他的剑柄。

“别动，加文。小心我的剑。”

“你是有剑，”加瑞斯大叫道，“你这个恶魔。”

这个小弟猛然察觉到，自己的生命已经陷入了一种模式。他们被谋杀的母亲、那只独角兽、眼前这名正在拔剑的男人和某个在储藏室里让短剑闪闪发光的孩子……一想到这些，他忍不住哭出声来。

“好了，加瑞斯，”阿格凡面无血色地吼道，“我听懂你的话了，我现在就拔剑。”

情况变得一发不可收拾：他们的动作变得像木偶一样，就像这些都是以前就发生过的事——但是话说回来，确实发生过。加文一看见剑，就莫名其妙地暴怒起来，他转身背对莫桀，一边嘟嘟囔囔，一边拔出他一直随身携带的猎刀，慢慢地逼近阿格凡——这些是同时发生的。看上去，那个胖子被兄长的怒火逼得采取守势，在他面前不断地往后退，颤抖着手握住了身前的剑柄。

“嗨，我漂亮的小屠夫，”加文嚷嚷道，“你肯定知道他在说什么。你从来没有饶过那些手无缚鸡之力的人，所以我们才会对自家兄弟拔剑。我用裹尸布诅咒你！拿起你的剑，老兄！快点！你到底是什么意思？他杀了我们母亲，这难道还不够吗？该死的，给你两个选择，如果不放下剑，就和我好好地较量一番。阿格凡……”

莫桀拿着自己的匕首，不动声响就溜到了加文身后。一眨眼的工夫，刀光剑影，那只鸮的眼睛闪闪发过；与此同时，加瑞斯跳上去阻止。他抓住莫桀的手腕，大喊：“行啦！加赫里斯！看好其他人。”

“阿格凡，拿起宝剑！加文，别管他了。”

“滚开！教训这只狗，我自己就足够了。”

“阿格凡，快点把剑放下，否则他会杀了你的。快点啊，老兄。别傻了。加文，随他吧。他不是认真的。加文！阿格凡！”

阿格凡无力地刺了这位家族之长一剑，却被加文轻蔑地用刀打偏了。这个头发斑白的高壮老人冲到前面，死死地抱住阿格凡的腰。阿格凡向后一倒，把放着香料甜酒的桌子压倒了，他的剑掉在地上，加文就像一座大山一样压在他身上。刀子被举到了半空中，想完成任务，却被加赫里斯从后面紧紧地抓住了。在场的人陷入戏剧性的静默之中，所有人都一动也不动。加瑞斯抓着莫桀。阿格凡的手还能自由活动，所以用手把眼睛遮住，想躲开那把刀。加赫里斯则拼命地攥着那只复仇之手不放，让它悬在半空中。

他们打得难分难解，就在这时，回廊的门再次打开，那位见习骑士像之前那样面无表情地宣告：“国王陛下驾到！”

所有人都放松下来。他们松开手里的东西，开始移动。阿格凡气喘吁吁地坐起来，加文转过身背对着他，用一只手遮脸。

“上帝啊！”他轻声说，“真希望我没有这要命的怒火！”

国王已经来到门口。

他进门，这个一直对任何事情都力求尽善尽美的沉静老人出现了，看上去远远超过实际年龄。他瞪着高贵的眼睛，目不转睛地注视着眼前的情景，然后跨越回廊，温柔地亲吻莫桀，微笑地看着所有人。

第三章

蓝斯洛和桂妮薇正坐在日光室的窗边。如果仅仅只是在丁尼生之辈的作品中了解亚瑟王传奇，会猛然意识到这对人尽皆知的情侣已经走过了生命的巅峰。而对于我们这些从罗密欧与朱丽叶之类传统少男少女浪漫故事来解读爱情的人而言，如果能回到中世纪，肯定会大吃一惊。在歌咏骑士时，那个时代的诗人对真正男子汉的描述是这样的："在天唯上帝，在地唯女神。"当时，青少年在谈恋爱方面经验丰富，而且有自知之明，所以人们从不与他们谈恋爱。为了自己所爱的人，那个年代的人愿意付出宝贵的生命，却没有离婚法庭和精神科医生等便利条件。在天堂，上帝是他们的一切；在人间，心爱的女神则是他们生命的全部。此外，献身诸位女神的人必须严格按照该神祇的戒律做事，所以他们的抉择并不仅仅是建立在肉体基础之上的短暂标准，也不会因肉体衰败而轻易离开。

蓝斯洛和桂妮薇并肩坐在高塔的床边，在他们脚下延展的是亚瑟的英格兰，此刻正尽情地享受着地平线上落日余晖的恩泽。

这是格美利，中世纪（也就是大家熟知的黑暗时代）的格美利,而亚瑟就是亲手造就它的人。这位老国王刚登基时,英格兰到处都是武装贵族、饥馑和战争。在这个国家里，人们不仅可以见识到红热铁具的神裁审判和英格兰式的法律的威力，还可以听见《红色沼泽》之类的无言歌。那时，异国船只一出现就烧杀劫掠，直到海岸上连一只动物、一棵果树都看不见才离开。后来，最后残存的撒克逊人在沼泽和一望无际的森林中与征服者亚瑟展开了殊死搏斗，“诺曼人”和“贵族”则演变成了现在印度语中“大人”的同义词。再后来,勒威林·艾葛里菲戴着象牙王冠的脑袋，永远定格在伦敦塔的长钉上。接着，你会发现，拿着饭钵的乞丐在路边随处可见，还有左手拿着右手的伤残人士，后面屁颠屁颠地跟着一只同样少了一根脚趾的林犬——因为残疾，他们永远地失去了在领主的林地中打猎的权利。亚瑟刚到这里时,一到晚上,这里的农民就会像商量好了似的家门紧闭,仿佛碰上了围城,并且在黑暗中向上帝祈求和平；屋主会不厌其烦地重复念着暴风雨来临时所用的祈祷文，并在后面加上个忠告美好的请求，比如，“上帝保佑”，在场的其他人则会以“阿门”作为回应。亚瑟统治初期，贵族们经常会在城堡里玩各种残忍的游戏：有人被剜去肠子，在肠子死透之前被他们用火烧；有人被剖开，因为他们有私吞贵族金子的嫌疑；有人被凹陷的铁马嚼子钳住嘴巴；有人被吊了起来，头顶熏烟；还有人不是被丢进蛇坑，就是头缠着皮制止血带，或者被强行塞进装满石头的箱子里而导致骨折。那个年代的很多文学作品都描述了那块土地的真实面貌，其中关于金雀花家族和卡佩王族之类的故事完全是虚构的。相传，有的国王和约翰一样，每天晚餐前都要亲眼看见二十八名人质被吊死；还有菲利普，他在哪里，身边就会围绕着一票锤矛军队，他们是远近有名的暴风骑兵团，负责用锤矛来保护主人的安全；再就是路易，他不仅会亲手在刑台上砍下敌人的脑袋，还会逼迫孩子们站在鲜血淋淋的刑台下。这些故事都来自考伊兰的伊格夫，但后来我们才知道，他只是在胡编乱造。随着一群绰号为“剥皮恶棍”的大主教的到来，教堂权充要塞，尸骨遍布的墓园硬是被掘出了一道壕沟；功夫高强的杀手明码标价，被教堂拒之门外的人横死街头，农民饿得浑身无力，只能嚼树根、咬树皮，甚至吃人——据说，其中一个人总共吃了四十八个人。他们暴虐残忍，一手将异教徒活活烧死（一天最多死过四十五个圣殿骑士），另一手用掷石器将俘虏的头丢进被围困的城堡。他们用铁链捆住一个农民领袖，他拼命地挣扎，头上的三脚架烧得红彤彤的。有的教宗一直在抱怨，因为有人抓他去换赎金；还有一个教宗不停地扭动着身体，因为他中毒了。财宝被铸成金条，用水泥封在城堡的墙垣里，完工后再杀建筑师灭口。在巴黎街道上，治安官的尸体变成了孩子的玩具，其他人（指女人和老人）则在受困的小镇墙外饿得头晕眼花。胡斯和罗杰姆戴着叛教的礼冠，在火刑柱上烧得噼啪作响。朱密日的瘸子笨蛋顺着塞纳河漂流而下。在吉尔斯·德·莱斯的城堡里，孩子的尸体堆成了一座小山，都已烧成了灰烬；在此之前，每年都会有两百四十个孩子都会因他而死，共持续了九年。贝里公爵因为一场战争的失败而导致八百名步兵惨死，这让他失去众望，最后连王冠也弄丢了。年轻的圣普罗伯爵是这样学习战争技艺的：生擒二十名囚犯，换着花样杀死他们。君主路易十一也是虚构出来的，他把那些令人厌恶的主教关在了非常昂贵的笼子里。手下的贵族把罗伯特公爵捧上了“伟人”的高位，教区居民却称他为“恶魔”。亚瑟到来之前，平民百姓的生活是这样的：在一个城镇里，狼群在一周内吃掉了十四个人；有三分之一的人口因黑死病而死；有人的尸体被装在袋子里掩埋；有人晚上只能躲在森林、沼泽和洞穴里避难；有些人在七十多年的岁月中，成为四十八次饥荒的见证者；人们一边仰赖那些自诩为“天地之主”的封建贵族，一边却被声称不能杀生的主教拿着铁棒打得嗷嗷大叫。他们哇哇大哭，觉得基督和他的圣徒都睡着了。

“为什么？”这些可怜的人悲伤地唱道：

同样是人，
为什么我们如此不幸？

亚瑟继承的就是这个令人大开眼界的现代文明。值得庆幸的是，展现在这对情侣眼前的并不是这样一副光景。此刻，映入他们眼帘的是苹果绿的日落景象，是安全的，中世纪人相传的快乐英格兰就在他们眼前展开，并不是太黑暗。蓝斯洛和桂妮薇此时注视着的，是一个对个人极为看重的年代。

令人难忘的骑士的年代啊！人们忠于自己，整天为实现人性的奇思妙想而忙碌着。在他们窗前延伸的景色是由许多意料之外的人、事、物组成的，乱糟糟的，却洋溢着一种别样的风情，你根本不知道应该怎样去描述。

黑暗的中世纪啊！厚颜无耻已变成十九世纪的代名词，而在亚瑟的格美利，窗外的阳光在僧院和修女院中上百块像珠宝一样的彩绘玻璃上燃烧，在教堂和城堡的尖塔上跳跃，这些建筑物都是建筑者真正喜欢的东西。在他们所处的黑暗时代，建筑宛若一抹能给心底带来光明的阳光，男人们都会为自己的要塞取个昵称，无一例外。在那个人们会把投石器叫作“美丽”“愉快”“马洛辛”（意思是恶邻居）的年代，蓝斯洛的“欢乐堡”着实没什么好稀奇的。在这个年代，为疮为困的虚构傻子狮心王理查给他的城堡取名为“活泼”，而且是“我美丽的一岁女儿”。恶棍征服者威廉还有一个叫“大建筑家”的外号。那时的玻璃染透了五种艳丽的色彩，比我们现在的玻璃粗糙得多，也厚得多，而且尺寸比较小。他们在城堡上投注了巨大的热情，但与此相比，他们对彩绘玻璃的热爱毫不逊色，维拉尔·德·奥内库尔在旅途中因为某个特别美丽的样本而突发灵感，所以停下来画画。他解释道:“我在旅途中按照上帝的指示，来到匈牙利，画下了这扇窗，因为这是所有窗子里我最喜欢的一扇。”让我们想象一下那些古老教堂，里面的装潢和我们常见的灰暗衰败不同，这些教堂内部五颜六色的，墙上描绘的人物全都踮脚站着，绣毯或巴格达织锦画随风飘摇。想象一下，从桂妮薇的窗户可以看见的那些城堡内部，这里已经不是亚瑟登基时那阴森森的堡垒,里面的家具完全由细木工匠手工制作而成，绝不是一般木工能做到的；墙上没有门，阿拉斯鲜艳柔软的挂毯微微起伏，绣毯上是圣丹斯长矛竞技的图案，虽然只用了短短两年多，却足以覆盖四百多平方米的空间，创作热情可见一斑。现在，如果你在观察时这些废弃的城堡时足够仔细，偶尔还能看见一些钩子，是专门用来悬挂那些华丽的绣毯的。你们应该还记得，洛林的金匠把圣祠打造成小教堂的形状，配备了侧廊、雕像和耳堂，应有尽有，就像是一间迷你屋；还有，里摩日的珐琅工匠和内填珐琅工艺、德国的象牙雕刻家和爱尔兰金属石榴石镶嵌工艺。最后，如果你愿意对那些创作艺术在我们著名的黑暗时代中所经历的激荡展开想象，就再也不会认为书写文化是随着君士坦丁堡陷落才传入欧洲的。在那个年代，在所有的国家，所有的教堂执事都是文化人，这是他们的工作。“每个字母，”一位中世纪修道院院长说，“都会在恶魔身上留下一道伤口。”早在九世纪时，圣皮库耶的图书馆的藏书就多达二百五十六卷，收录了维吉尔、西塞罗、泰伦斯和马克比斯等人的著作。查理五世的藏书至少有九百一十卷，所以他的私人藏书和如今的“万人文库”有得一拼。

而人类，就是那扇窗外的最后一样东西——这种混合体集合了各种稀奇古怪的事物，闪烁着耀眼的光芒，自以为拥有躯体与所谓的灵魂，并以奇特的方式满足二者的需要。有个魔法师得到了教宗的王座，他就是西尔维斯特二世，他因发明了时钟而臭名远播。法国国王罗伯特是虚构的，他不幸被赶出教会，却没想到家事的安排出了大问题：只有两个仆人同意帮他煮饭，却坚持饭后把炖锅烧掉。一位坎特伯雷大主教不仅把圣保罗大教堂的所有领俸执事赶出了教会，还冲进圣巴托罗缪斯修道院，在礼拜的过程中打晕了修道院的副院长，引发骚乱。在争执中，他的外袍被扯了下来，露出里面的铠甲，最后坐船逃到了兰贝斯。一到弥散最后该捐献的时候，安茹伯爵夫人就会自动消失。朵蒂·德·莎兰诺夫人把自己的耳朵当成手帕，眉毛长得像银链一样，垂到肩后。在虚构的爱德华一世时代，巴斯的一位主教在考评后被撤销了大主教的职务，因为他的私生子实在是太多了——不是几个，而是很多很多；但和亨内伯格伯爵夫人相比，他简直不值一提，因为她突然一次性生了三百六十五个孩子。

在这个丰饶的年代，可以铆足了劲儿去做任何事。也许是亚瑟把这个想法强加给了基督教国家，因为经过梅林的教导，他学到的就是富足。

这位国王是骑士道的守护圣徒（起码马洛礼是这样诠释他的形象的）。他既不是五世纪时整天穿着成套铠甲或涂上靛蓝张彩招摇过市的可悲的大不列颠人，也不是让晚年的马洛礼伤透脑筋的波兰新贵成员。亚瑟是骑士精神的领袖，说不定早在这位作者开始工作的两百年前，骑士道的精粹就已经生根发芽。他是中世纪所有美好事物的象征，都是用他的努力而汗水浇灌而成。

马洛礼形容道，在这段误呈的历史中，英格兰的亚瑟是文明的战士。在那个年代，骑士的农奴和毫无希望的奴隶不同，他起码有三个合法的晋升管道，而天主教会就是其中最伟大的。在亚瑟的政策协助下，这教会就像是一条对底层奴隶开放的高速公路，而如今，教会仍然是全世界向知识分子免费开放的最大团体。教宗亚德里安四世来自撒克逊农村，教宗格里高利七世则来自木匠家庭。在被人鄙视的中世纪，只要你肯学习，就会成为全世界最伟大的人。如果你认为亚瑟的文明教化比不上我们享誉世界的科学社会，那你就大错特错了。那个时代的科学家虽然碰巧得到了魔法师的美名，但是他们的发明和我们的发明一样值得敬畏，只是因为我们接触的时间长，已经习惯了对他们的发明视而不见。那些了不起的魔法师，比如，大阿尔伯特、培根修士和雷蒙·卢尔，他们知道一些已经失传的秘密。如今，他们在无意中发现的一样东西已经成了重要的文明日用品，它就是火药。他们因为高深的学问而获得荣誉，大阿尔伯特甚至还成了主教。电影好像是一个叫施洗者波塔的人发明的——不过，他很快就放弃了这项发明，这个举动在后来被证实是理智的。

十世纪时，一个叫艾森默的修士就做过关于飞行器的实验，如果不是调整尾部时突发意外，说不定早就成功了。他之所以坠毁，“是因为，”马姆斯伯里的威廉说，“他忘了调整后面的尾巴。”

就算是在现代，黑暗时代也在我们身边。不管怎么样，他们给自己喝的浓烈鸡尾酒取了个响亮的名字，比如，“爆帽”“疯狗”“天使的食物”“龙奶”“关门大吉”“跨步”，等等。

看着窗外的景色，会觉得心旷神怡，但有时也会有奇特的感觉。我们用树篱围成了田野和风景区，却被他们当成了村落、荒地、沼泽和大片大片的森林。谢伍德森林一直从诺丁汉绵延到约克中部，长几百英里。这座岛总是一派繁忙的景象，有的忙着养蜂，有的忙着赶走秃鼻鸦，还有的忙着赶牛犁田。如果你想了解得更详细一些，可以去看看《鲁特瑞尔诗篇》，里面用美丽的图画对这些景象进行了描述。在那个年代，如果你喜欢奇特事物，说不定会亲眼看见全副武装的骑士骑马从窗外走过，你会注意到他的头，耳上一圈和后面的头发全都没了，正中间的头发则像钢针一样站得直直的，乍一看，整个头就像是一个农家面包。戴上头盔，这种头顶堆发的发型不就是完美的避震器吗？下一个从窗外经过的人没准儿会是个教堂执事，也许还牵着一匹慢马，他的发型正好和上一个骑士截然相反——教会有剃发仪式，他的头光秃秃的。如果想成为教堂执事，要做的第一件事就是带着剪刀去找主教。接着，如果你想要某些奇怪的人骑马从窗前经过，没准儿会看到一个口口声声要解放上帝之墓的十字军。既然是十字军，顾名思义，他的外衣上肯定会有十字架，但你也许还没发现，这整件事情让他高兴得快疯了，所以他的身上全都是那种符号。他的纹章盾牌上、外衣上、头盔上、马鞍上，甚至连勒马绳上，到处都是十字架，是他自己钉上去的，他兴奋得像刚当上童子军一样。然后，熙笃会的庶务修士之辈可能会从窗前经过，从衣着来看，你也许会把他当成学识渊博之人，但是你错了，由于职务的关系，他其实就是个目不识丁的文盲。他负责在教宗的诏书黏上封铅，而只有文盲才能担当这个重要的任务，否则教宗的秘密就可能被泄露。现在出现的可能是一个撒克逊人，留着胡子，脑袋上则扣着一顶和佛里几亚类似的帽子，这是挑衅的象征；接着是一名从北方苏格兰和英格兰交界处的骑士，月亮和星星在他深蓝色的外衣上闪闪发光，因为他最喜欢夜袭。在这片景致中，炼金术士的风箱里说不定会突然冒出一些烟雾，这帮聪明人的目的再简单不过了——把铅变成金子。虽然现在已经有了原子融合，更接近这个目标了，但今天的人们暂时还攻克不了这项技术。你可能会在远处的僧院周边发现一些发怒的僧侣，他们打着赤脚，绕着僧院走——不过，他们和院长闹翻了，所以他们可能一边咒骂，一边冒着大太阳走路。如果你看这边，或许会发现一座葡萄园，四周的隔篱是用骨头围的——在亚瑟统治早期，有人发现骨头是造围篱的好材料，葡萄园、墓园，还有堡垒，全都是用骨头做的。另外，如果你看向另一头，映入你眼帘的或许会是一座城堡的门，上面钉满了狼、熊、雄鹿等动物的头，乍一看，还以为是城堡主人的绞刑架呢。而在那里的左边，也许人们也许正在按照杰弗瑞·德·普利设立的规则展开竞技，为了确保那些战士没有把自己黏在马鞍上，纹章王官会非常仔细地检查他们，和拳击比赛前裁判的例行公事差不多。在假想的爱德华三世统治期间，在某位索斯伯里伯爵和一位索斯伯里主教决斗之前，一个裁判在主教的战士的铠甲下发现了密密麻麻的祷文和咒语——这和拳击手在手套里藏了马蹄铁一样，性质非常恶劣。窗台底下，有一对深受便秘折磨的教廷大使骑着马要回罗马，他俩带着诏书，本来是要把巴纳巴斯·维斯康提赶出教会的，却被巴纳巴斯逼着把诏书吃了，羊皮纸、丝带、封铅，吃了个精光。跟在他们屁股后面的可能是一名专业朝圣者，他撑着一根弯弯曲曲、尖端被金属包裹的结实手杖，和登上杖很像，杖上压着几块受过祝福的纪念章、圣徒遗物、贝壳、汗巾等，沉甸甸的。他说自己是个游方僧，如果他的脚步真的遍布世界各地，那么他的圣徒遗物肯定丰富多彩，有天使加白列的羽毛、几块烧烤圣劳伦斯的煤炭、圣灵“完好如初”的手指、“一小瓶圣米迦勒与恶魔激战时的汗水”、一小撮“上帝对摩西说话时所在的灌木丛”、圣彼得的背心。在这游方僧后面徘徊的人可能不是什么好人，就是那些“黑白颠倒，白天睡觉晚上警戒，吃好睡好却一无是处”的家伙。也许他是个强盗，他们对他的描述是这样的：

对强盗来说，失身被逮，这是法律；
将被吊死，死而无憾，随风飘零。

但是，在他最后一次在随风飘零之前，他一直生活得自由自在的。他的伴侣迈着坚定的步伐走在他身边，也有人悬赏她的头。她剪去头发，逃进森林，变成了逃犯。她偶尔会回头看，对捉拿他们的喊叫声保持高度的警惕。

这里或许来了一名贵族，此刻，他正小心翼翼地拿着一把热腾腾的馅饼，每年这个时候，人都会特意送去给亚瑟闻闻，这是他的封建义务。另一名贵族说不定正在那边拼命地追赶飞龙之类的生物，然后他会从马上掉下来，重重地摔到地上，被马抛弃。但如果真的是这样，别担心，仆人会马上把他扶到自己的马上（如今，我们也会这样对待猎犬专家），因为封建法就是这样规定的。在遥远的北方，天色渐暗，也许某个忙碌女巫的小屋里突然亮了，她不仅为她讨厌的人制作蜡像，在用钉子钉人像之前，她还会帮这些蜡像洗手，因为这样才更有效。她有很多担任圣职的朋友，无论你想解决谁，其中一个人（顺便介绍一下，这个人曾去找过那位小主人）非常愿意帮那个人举行安魂弥撒——更神奇的是，他一讲到“我主，让他安息”，就算那个人还活得好好的，他的话立马就应验了。在同样遥远的西方，在同样的日落时分，你也许会看到鹫丘搭起巨大绞刑台的恩格兰·德·马里尼，此时他本人被判有罪，因为他使用黑魔术。贝里公爵和不列塔尼公爵穿得体体面面的，正一路小跑过来，他们穿的可能是仿铁甲的绸缎甲衣。他俩不想用铠甲占任何人的便宜，而且发现穿绸缎更加凉快，所以鼓起勇气做个普通人。这样的事，说不定蓝斯洛也做过。在他们上方的山丘旁（超出了他们的视力范围），快乐的瓦特也许正坐在那里，焦油盒子则安静地躺在他身边。格美利最典型的人物非他莫属，那些焦油可以消毒，这样他的羊就不会被感染。如果听到“不要为了焦油这种低廉的东西去劫船”，他会第一时间表示赞同——因为他就是这句俗语的发明者，只不过，羊被我们换成了船。

在更加遥远的地方，也许有个破产的人正在莫斯科市场发疯——他大声嚷嚷，不是因为讨厌自己，而是他觉得，只要他的声音足够响亮，就能得到那些混杂在人群中的亲朋好友的同情，然后主动提出帮他还债。往南到地中海内湾，可能会有个渔夫正在接受狮心王理查的法律惩罚——因为他赌博了，执行人会把他从主桅扔进水里三次，如果他的肚子里进水了，他的伙伴就会大声喝彩。在你背后的市场里，说不定正在上演第三种绝妙的处罚方式呢。如果酒商卖劣酒，就会被架上颈手枷，被迫灌下大量他自己卖的酒，最后还要把剩下的酒倒在他头上。第二天早上，他肯定会觉得头痛得要命。沿着这个方向，你看到活泼可爱的艾莉森了吗？得到乔叟描述的那个不寻常的亲吻之后，她开怀大笑：“嘻嘻！”如果你正好心胸开阔，也许会被逗得笑弯了腰。往那个方向，就像那位管家在他的故事里描述的那样，你也许会看到一位愤怒的磨坊主人和他的妻女，他们迫切地想弄清楚昨晚因为摇篮移位而发生的怪事。一个好运气的年轻人取得先机，用一门新式大炮射死了索斯伯里伯爵；在那所僧院学校的运动场上，他可能会因此而成为同伴崇拜的对象。运动场边的梅树（这也是外来物种，和梅林的桑葚一样）花朵正在皎洁的月光下凋零。另一个可怜的小男孩（他就是苏格兰国王，当时只有四岁）也许正在不情愿地签署一份王家委任书给奶妈，这样她就不会因为揍他而犯下叛国的罪名。有一支军队的名声早就坏透了，他们之前一直以剑为生，现在却可能变成了可怜的乞丐——对军队来说，这个下场再好不过了；还有那个躲在东边的教堂里避难的人，只要走出去半步，立刻就会被砍断腿。一群制造伪币的人、小偷、杀人犯和欠债的人挤在同一间庇护所中，有的忙着制定逃跑计划，有的把刀子磨得锋利无比，打算晚上出门；他们在这座平和的教堂与世隔绝，谁都不敢在这里抓人，所以非常安全。如果离开庇护所，对他们来说，最严重的惩罚就是被放逐。于是，他们必须步行去多佛，但是要一直在路中央走，手里还要拿着十字架（他们一放手，就会挨打）；到了多佛，要是他们没办法立刻弄到一条船，就要每天走到海里，让水淹到脖子上，作为他们尝试过海的证据。

你知道吗？桂妮薇窗外的黑暗时代，繁文缛节非常多，所以天主教会可以强迫大家停止一切战事，这就是他们所说的“休战运动”，从星期三持续到下星期一，此外，整个降临节和四旬斋期间也不能有任何战事。他们深受战争、饥荒、黑死病和农奴制度的折磨，我们面对的则是大战、封锁线、流行性感冒和征兵制，所以你是不是觉得他们的生活更蒙昧？他们可能会愚蠢到相信地球是宇宙的中心，我们也好不到哪儿去，也相信人类是万物之灵。鱼类进化成爬虫类，至少需要一百万年，那么，在短短几百年内，我们人类是否可以摆脱成见的束缚呢？

第四章

蓝斯洛和桂妮薇从高塔的窗户俯瞰骑士年代的夕照，落日余晖衬着他们的黑色剪影，非常醒目。蓝斯洛这个丑八怪的影子轮廓和滴水嘴石兽非常像，看上去和如今巴黎圣母院屋檐上沉思的怪物差不多。但随着性格的成熟，丑陋的外表显得越发高贵。丑恶的线条隐没安息，成为力量的象征。蓝斯洛也长着一张让人信任的脸孔，和牛头犬这种最表里不一的狗一样。

令人开心的是，他俩正在唱歌。他们的声音已经失去了年轻时蓬勃的朝气，但好在没有跑调。他们声音微弱，但是纯净无比，二人互相扶持。

蓝斯洛唱道：

五月到来
白天阳光普照
光芒四射
再也不用害怕任何争战。

桂妮薇唱道：

当每日循轨道奔跑的阳光
变得黯淡
再也不用害怕任何争战。

两人合唱：

但是，哦，不管白天还是黑夜
我心愉悦
终将筋疲力尽而亡
所有力量，终将消逝。

他们停了下来，在那架可携式风琴发出一个令人意外的优雅音符之后，蓝斯洛说："你的声音棒极了，恐怕我的声音比以前更沙哑了。"

"肯定是因为喝烈酒了。"

"这样说未免太片面了。圣杯探险之后，我就很少沾酒了，几乎变成了禁酒主义者。"

"这个嘛，我真心地希望你戒酒。"

"那我干脆连水也戒了吧。要是哪天，我渴死在你脚边，亚瑟会为我举办一场隆重的葬礼，而且他会因为你把我逼死而怪你一辈子。"

"没错，然后我会去尼姑庵赎罪，开始幸福快乐地生活着。好了，现在我们唱点什么呢？"

蓝斯洛说："算了吧，我不想唱歌。来，珍妮，离我近点。"

“你为什么不开心？”

“没有，这是我这辈子最开心的时候，而且我敢说，我以后应该不可能这么快乐了。”

“到底怎么回事，你这么开心？”

“我也不清楚，大概是因为春天到底还是来了，迎接我们的就是明晃晃的夏天。你的手臂会再次变成棕色，沿着手臂顶端的这里顶上会变红，圆溜溜的手肘则会变成玫瑰色。手臂弯曲起来的部位，我应该会喜欢，比如，手肘内侧。”

桂妮薇好不容易才从这些迷惑人的恭维中回到现实。

“好想知道亚瑟现在在干什么。”

“他去找加文他们了，而且我正好提到你的手肘。”

“我知道。”

“珍妮，你什么事都命令我，所以我才开心的。我就是因为这个才开心的。你总是唠叨，让我少喝点酒。我喜欢你照顾我，告诉我应该做什么。”

“看上去，你就是需要人照顾嘛。”

“我是需要，”他说，然后突然吐出一句话，把彼此都吓得不轻，“我今晚可以过来吗？”

“不行。”

“为什么？”

“蓝斯，别问了，行吗？你知道的，亚瑟在家，这实在太危险了。”

“亚瑟不会介意的。”

“万一我们被亚瑟碰个正着，”她明智地说，“他肯定会要了我们的小命。”

他不同意她的说法。

“亚瑟对我们的事一清二楚。梅林曾经警告过他，摩根勒菲也明确地警告过他两回，还有梅里亚格兰斯爵士惹出的麻烦。不过，他不想将这件事公之于众。如果不是有人逼他，他绝对不会抓我们。”

“蓝斯洛，”她气愤地说，“你怎么能把亚瑟说成拉皮条的呢？”

“我可没那样说过他。他是我的第一个朋友，而且我非常敬爱他。”

“那你就是把我说得好像我一错再错。”

“你现在的行为就是这样。”

“很好，如果你已经说完了，那就赶快走吧。”

“好让你跟他一起，对吗？”

“蓝斯洛！”

“哦，珍妮！”他跳起来抓着她，动作和以往一样敏捷，“别生气。如果我讲话太刻薄了，请原谅。”

“走开！别烦我！”

不过，他仍然紧紧地抱着她，仿佛把她当成了一只等待驯服的野生动物，生怕它逃走。

“别生气。我道歉。你知道，我不是故意的。”

“你是只野兽。”

“不，我不是野兽，你也不是。珍妮，在你气消之前，我会一直抱着你。我刚刚会那样说，完全是因为我太伤心了。”

她的声音低沉压抑，伤心不已地说：“你刚刚不是说你很开心吗？”

“嗯，我一点儿都不开心。这个世界让我悲伤不已，而且非常不开心。”

“知道吗，不是只有你才这样。”

“不,我没这么想。我为自己说的那些话表示抱歉,其实,那些话让我自己也不开心。求你了,别再让我一直不开心了,可以吗？”

她的心中充满了怜悯。这些年来，他们当初的脾气早就被磨平了。

“那我就不为难你了。”

然而，他再次沦陷在她的微笑和柔顺之中。

“我们一起走吧，珍妮？”

“求求你，别再开始了。”

“我不得不这样啊。”他绝望地说，“我不知道该怎么办。上帝啊，为了重复相同的事情，我们付出了自己的一生，但今年春天，情况好像更糟了。你怎么不和我一起去欢乐堡，让整件事浮出水面呢？”

“蓝斯，理智点，松开我吧。快坐，我们再唱一首歌。”

“但我不想唱歌。”

“我也不想承受这一切啊。”

“如果我们一起去欢乐堡,事情就迎刃而解了,一劳永逸。不管怎么样，我们可以一起度过快乐的晚年，再也不用张口闭口都是谎话，可以平静地死去。”

“你是说，亚瑟早就知道这件事了，”她说，“那我们就不完全算是欺骗他。”

“是，但这不一样。我爱亚瑟，我一看见他望着我，而且知道他对这件事一清二楚，我就觉得特别痛苦。你看，亚瑟是爱我们的。”

“但是蓝斯，如果你真的爱他，为什么要带着他的妻子逃走呢？这对你有什么好处？”

“我想公开这件事，”他固执地说，“起码最后要公告天下。”

“可是，我不想要那样。”

“其实，”现在，他又开始暴跳如雷，“你真正的目的，是想要两个丈夫。女人总是很贪心，什么都想要。”

她耐着性子想缓和争执。

“要两个丈夫，我从来没这么想过，而且我和你一样，因为这件事而觉得非常不自在。但是你好好想想，公开这件事到底有什么好处呢？我们现在的情况确实很可恶，但不管怎么样，亚瑟对这件事一清二楚，而且我们还爱着彼此，也很安全。如果我们一起逃走，一切都完了。到那时，亚瑟必须与你为敌，并且派兵包围欢乐堡。就算你们没有同归于尽，你们中的一个也会被杀死，还有好几百人枉死，对谁都没有好处。而且我压根儿不想离开亚瑟。我们结婚的时候，我承诺过要永远陪伴着他，他一直对我很好，我也很喜欢他。我承认，我的确很爱你，但不管怎么样，我要给他一个家、帮助他。我不知道你公开这件事到底是什么目的。我们已经伤害了亚瑟，为什么还要让亚瑟成为全天下的笑柄呢？”

天色变得越来越黯淡，谁都没有发现，她说话的时候国王本人已经来了。他们的身影投射在窗上，看不清身后房间里的情景，但他已经进来了，而且在那里站了好一会儿，把心思从思考奥克尼一族和其他国事上收了回来。他在挂着帘子的门边站住了，毫无血色的手将绣毯拉到一边，手上的王戒在黑暗中熠熠生辉——他没有偷听，放下绣毯后，他离开房间，让那个见习骑士来宣告他的到来。

“在我看来，唯一正派的做法，”说着，蓝斯洛在两膝之间扭绞着手，“唯一正派的做法就是我离开，永远离开。我不是没尝试过，但是我的脑子实在不能再承受一次。”

“我可怜的蓝斯，要是我们刚刚一直在唱歌就好了！现在你又要受到那种情绪的折磨了，你又要发病了。我们何不顺应自然，让你那伟大的上帝去照看就好呢？尝试着去思考或是因为对错而行事毫无用处。我不知道什么是对，什么是错。但我们为什么不能相信自己，顺其自然，并且始终充满希望呢？”

“你是他的妻子，而我是他的朋友。”

“嗯，”她说，“让我们相爱的到底是谁呢？”

“珍妮，我不知道自己该怎么做。”

“那就什么都别做。过来，给我一个温柔的吻，上帝自然会照拂我们的。”

“亲爱的！”

这一回，见习骑士常有的噪音又出现了，喀喀喀地走上楼，还带着灯。亚瑟命令下人点燃了蜡烛。

烛光将这对坐在屋里的情人周围照得亮堂堂的，而他们早就彼此分开了。那男孩在烛心上点火之后，屋里的挂毯才显现出原本华丽的光彩。阿拉斯百花争艳的草地和群鸟纷飞的杂木林像变戏法似的冒了出来，在四面墙上微微起伏。门边的帘幕又被拉起来了，走进来的是国王。

他看起来一大把年纪了，比他们两个都老得多。然而，这种衰老和普通的年龄上的衰老不太一样，他浑身散发着一种自尊和高贵的气息——即便是在今天，你有时还是可以在六十岁以上的男人身上看到：他们总是昂首挺胸的，头发又黑又亮，这就是他们惯有的格调。现在，你能看清蓝斯洛了吧？他是个正直善良的人，绝对算得上是人性的高贵典范，对人类的责任有令人难以想象的狂热。桂妮薇则是一个甜美而优雅的女性，她现在的样子，一定会让那些在她最狂暴的那几年认识她的人大吃一惊，现在的她总是一副需要保护的柔弱样子。但在这三个人当中，最令人动容的是亚瑟。他的衣着非常朴实，个性温和，且能包容身上简单的东西。当王后忙着在大厅的火炬底下招待那些名声显赫的客人时，蓝斯洛却常常发现他孤零零地坐在一个小房间里缝补袜子。现在，他穿着一身蓝色的家居袍子（在那个年代，蓝色是非常贵重的颜料，只有国王或绘画里的圣人和天使才能用），他在烛光摇曳的房间门口站住了，满面微笑。

“啊，蓝斯。啊，珍妮。”

桂妮薇的呼吸还是有些急促，她回应了他的招呼：“啊，亚瑟。你吓死了我。”

“实在抱歉，我刚回来。”

“加文还好吗？”蓝斯洛问。他努力装出很自然的样子，却始终没有成功。

“我赶到那儿的时候他们正好打得不可开交。”

“这确实像是他们的所作所为。”他们开心地说，“你是怎么做的？他们为什么打架呢？”这件事因为他们打架而变成了生死攸关的事。他们自己心里有鬼，所以才会把气氛搞坏了。

国王镇定自若地看着眼前。

“我没问。”

“应该是家族的事，”王后说，“肯定是。”

“肯定是。”

“有人受伤吗？”

“没有。”

“那么，”她大喊，突然意识到自己放松时的口气可笑极了，“那就好。”

“没错，那就好。”

他们发现他目光闪烁，觉得他们的困窘非常有意思。气氛又恢复了从前。

“到此为止吧，”国王说，“我们还要接着聊加文的事吗？我亲爱的妻子，你不亲吻一下我吗？”

“亲爱的。”

她把他的头拉向自己，亲吻着他的额头。她认为他是个忠实的老伙伴，是她友善的熊。

蓝斯洛起身，“是时候告辞了。”

“别走，蓝斯。你再陪陪我们吧。来吧，坐在火边，给我们唱首歌。我们很快就不需要这火了。”

“没错。”桂妮薇说，“夏天就在眼前，好极了！”

“不过，坐在火边还是挺舒服的，尤其是在家里。”

“在自己家里当然好了。”蓝斯洛似乎想说什么。

“怎么了？”

“我没有家。”

“没事的，蓝斯，你一定会有的。像我这么大时，再开始操心这个也不迟。”

“话是这么说，”王后说，“但你碰到的女人全都追在你屁股后面跑好几英里呢。”

“手里还拿着斧头。”亚瑟补充了一句。

“她们中有一半的人真的向我求过婚。”

“那你为什么还说自己没有家呢？”

蓝斯洛哈哈大笑起来，最后一丝紧张随即烟消云散。

“如果换作你，”他问，“会和一个举着斧头追着你跑的女人结婚吗？”

在回答这个问题之前，国王认真地想了好一会儿。

“很抱歉，我不能，”他回答道，“因为我已经有妻子了。”

“王后。”蓝斯洛说。

现在的气氛不太妙。他们说的每一句话，似乎都和字面意思不同，就像蚂蚁用它们的触角交谈。

“是桂妮薇王后。”国王反驳道。

“或者说，是珍妮。”王后说。

“是的。”在表示赞同之前，他停顿了好长一段时间。“也可以说，我娶了珍妮。”

紧接着是一阵更深沉的静默，最后蓝斯洛再次站起来。

“好了，我必须要走了。”

亚瑟将一只手搭在他的手臂上。

“不，蓝斯，先别走。我今晚要告诉桂妮薇一些事，你最好也听听。我们已经认识多年，我要告诉你们一件很早以前发生的事，因为你是这个家族的一分子。”

蓝斯坐了下来。

“好极了。我要坐在你们中间，来，把你们的一只手交给我。现在，我的王后和我的蓝斯，千万别为我即将坦白的事而怪罪我。”

蓝斯洛痛苦地说："国王，我们有什么资格去怪罪别人呢？"

"没有吗？嗯，我不知道你在说什么，但我要告诉你们一个发生在我年轻时候的故事。这个故事发生在我和珍妮结婚之前，与你受封成为骑士也相距甚远。我说这些，你们不会介意吧？"

"如果你想说，我怎么会介意呢？"

"但我们不相信你会犯什么错。"

"这件事，还要从我出生以前开始说起，真的，因为我父亲爱上了康瓦耳伯爵夫人。为了占有她，他杀了伯爵。她就是我母亲。这段故事你们早就知道。"

"是的。"

"至于我出生的日期，也许你们并不知道，有点尴尬——我父母结婚没多久就生下了我，所以他们瞒着众人将襁褓中的我送走，让艾克特爵士帮忙抚养。那个带走我的人就是梅林。"

"后来，"蓝斯洛开心地说，"你父亲去世后，你回到了宫廷，从石头里拔出魔法之剑，向全世界宣告你是全英格兰当之无愧的国王，从此开始了幸福快乐的生活。这故事不是挺好的吗？"

"但故事到这里并没有结束。"

"怎么？"

"这个嘛，亲爱的，我从生下来就离开了母亲，她并不知道我被带到了哪里，我也不知道谁是自己的母亲。除了尤瑟·潘德拉贡和梅林之外，没有人知道我们母子之间的关系。多年后，我当上了国王，遇到了我母亲的族人，却对他们一无所知。尤瑟已经死了，梅林则被那些所谓的‘后见之明’搞得稀里糊涂的，忘了告诉我这件事，所以我们相遇的时候并不认识彼此。但我发现了一个既聪明又美丽的人。”

“著名的康瓦耳三姐妹。”王后面无表情地说。

“是的，亲爱的，就是大名鼎鼎的康瓦耳三姐妹。前任伯爵有三个女儿，我发誓，我当时并不知道她是她们同母异父的弟弟。她们是摩根勒菲、伊莲和摩高丝，她们被评为不列颠最美丽的女人。”

他们渴望继续听到他沉静的声音，而他自己也毫不犹豫。

“我爱上了摩高丝，”那声音接着说，“我们还有一个孩子。”

就算他们中有人觉得惊讶、愤怒、怜悯或嫉妒，也没有任何表现。对他们而言，只有一件事让他们吃惊，那就是这个秘密居然被隐瞒了这么多年。但他们听出来了，他被这件事折磨得不轻，而在这件事被昭告天下之前，他不希望被任何人打断。

他们注视着跳动着的火焰，度过那难熬的静默，这次静默是他们之间最冗长的一次。接着，亚瑟耸了耸肩。

“现在，你们明白了吧，”他说，“莫桀是我的儿子。加文等人是我的外甥。”

蓝斯洛的眼神另有深意，看样子有话要说。“就算是这样，你也没做什么缺德的事。你并不知道她是你同母异父的姐姐，那时你和王后也互不相识。而且，无论如何，看看摩高丝后来的所作所为，这说不定都是她的错。那女人是个彻头彻尾的恶魔。”

“她既是我的姐姐，也是我儿子的母亲。”

桂妮薇轻轻地抚摸着他的手。

“我很遗憾。”

“而且，”他说，“她真是个美人。”

“摩高丝……”蓝斯洛说了个开头。

“摩高丝已经被砍头了，死者为大，我们还是让她安息吧。”

“她的孩子砍掉了她的头，”蓝斯洛说，“因为他把她和拉莫瑞克爵士堵在了床上……”

“求你了，蓝斯洛。”

“我很抱歉。”

“亚瑟，我还是觉得你没有做错任何事。因为你事先并不知道你们是亲姐弟。”

国王深吸一口气，然后用更粗的声音说：“你们还不知道，”他说，“我做过的最糟的事吧。”

“什么？说说。”

“你们想想，那时候，我只有十九岁，然后梅林来了，告诉了我事情的经过，但一切已经来不及了。所有的人都告诉我，这项罪行多么可怕，还说这事肯定会以悲剧收场。他们还说了很多与莫桀有关的事，说如果他生下来，会是什么样。我被他们那些可怕的预言吓坏了，所以做了一件让我悔恨至今的事。母亲一听说这件事，就把摩高丝藏了起来。”

“你做了什么？”

“我发布了一份公告，让所有在特定时间出生的孩子放在一艘大船上，漂流到海上。因为莫桀出生了，我想杀死他，却对他出生的地点一无所知。”

“他们照做了吗？”

“没错，船漂走了，莫桀也在船上。后来，那艘船在一座岛上发生了意外，那些可怜的孩子死了一大半——不过，莫桀被上帝救了，还在上帝的安排下回来羞辱我。摩高丝把他带回来了，过了很久才突然让他出现在我面前。但是，她一直对外宣称他是洛特的合法儿子，和加文等人一样。她当然不会告诉任何人这个秘密，连莫桀其他的兄弟也包括在内。”

“好吧，”桂妮薇说，“既然只有奥克尼一族和我们自己知道这件事，而且莫桀又安然无恙……”

“还有其他孩子呢，”他伤心地说，“我经常在梦里见到他们。”

“以前怎么从来没听你说过呢？”

“因为我心中有愧。”

听到这里，蓝斯洛终于控制不住了。

“亚瑟，”他大吼道，“没什么好愧疚的。你那时候太年轻了，还不懂事，那件事确实是你的错，但别人不是对你做过相同的事吗？那些用罪行之类的故事来吓唬孩子的人都是畜生，要是被我发现，我绝对会亲手把他们的脑袋拧下来。想想你所承受的那些苦难，却没有得到任何补偿。这有什么好处呢？我可怜的孩子呀！”

“他们全都淹死了。”

他们重新坐下来，看着火焰，最后桂妮薇转过身子，看着自己的丈夫。

“亚瑟，”她问，“你今天告诉我们这个故事有何用意？”

他没有马上回答，不知道自己该怎么回答。

“因为我怕可怜的莫桀会怨恨我，他完全可以这样做。”

“叛国吗？”最高司令官问。

“这个嘛，未必是叛国，蓝斯，但我知道，他对我有些不满。”

“砍了那个爱哭鬼的脑袋，杀了他。”

“不，我从来没想过会有这种事发生！你忘了莫桀是我儿子，我喜欢他。我对他做了很多过分的事，我的家族也总是做伤害康瓦耳一族的事，我不能再加深自己的罪孽了。再说，我们是亲父子，他身上流着我的血，我在他身上也看到了自己的影子。”

“你们看上去并不是很像嘛。”

“但确实还是有点像。莫桀野心十足，把荣誉看得非常重要，简直和我一模一样。只不过，他的身体虚弱，所以他在我们的运动中便显得很一般，他为此非常难受。如果我没那么幸运，也许会和他一样难受。从某个奇怪的层面来说，他是一个勇敢的人，而且对自己的人民忠贞不渝。你想，他的母亲要他对付我，这是情理之中的事，而我在他心目中就是邪恶的代表。我几乎可以确信，他最后会要了我的命。”

“你真的认为这个说法会成为他现在放过你的理由吗？”

突然，国王看起来有些惊讶，说得更准确点，应该是震惊。他非常疲倦，而且不太开心，所以他一直放松地坐在他们之间，而现在，他神采奕奕地与他的司令官对视。

“记好了，我是英格兰国王。既然是国王，就不能只按照自己的意志来处决人民。国王是人民的领袖，必须起到表率的作用，按照他们所希望的那样行事。”

“你会发现，”他解释道，“如果国王是动不动就诉诸武力的恶霸，他的人民也会效仿，成为同样的人。如果我不做法律的表率，人民怎么会奉公守法呢？我当然希望我的人民遵守新法，这样国家就会变得更加繁荣富强，我也会更加成功。”

他们看着他，猜测他到底是什么意思。他和他们相对而视，试着用眼神和他们交流。

“所以，蓝斯，我必须百分之百公正。如果再发生婴儿被淹死之类的事情，我一定会受到良心的折磨。而要想让我离武力远远的，唯一的途径就是法律。一个真正的国王，绝不能只愿意处决敌人，在处决朋友时也不能有半点犹豫。”

“还有他的妻子吗？”桂妮薇问。

“是的。”他一本正经地说。

蓝斯洛坐在长凳上，不自在地移动了一下身体，想用幽默的方式发表意见：“但愿你不会很快就砍了王后的头。”

国王还是紧紧地抓着他的手，眼睛一眨不眨地看着他。

“要是有人证明桂妮薇或者你，蓝斯洛，对我的王国犯了不可饶恕的罪行，我肯定会砍了你们的头。”

“上帝保佑，”她大喊道，“但愿这一天永远不会到来。”

“我也是这样想的。”

“那莫桀呢？”过了一会儿，蓝斯洛问。

“莫桀总是闷闷不乐的，恐怕他会想尽办法夺走我的国王之位。打个比方，要是他找到某种方式通过你，亲爱的，或者通过珍妮来打击我，我敢说，他一定不会放过这个机会。你听懂我的话了吗？”

“我懂。”

“所以，假如真的有一天，你们中的任何一个人说不定会给他可乘之机……为了我，你们一定会小心行事的，是吧？亲爱的，我可把自己交给你们了。”

“但这说不通啊！”

“从他来到这里以来，”蓝斯洛说，“你一直对他很好。他怎么会想伤害你呢？”

国王的手在膝上合起，好像从低垂的眼皮底下看着火焰。

“你忘了，”他小声说，“我和珍妮一直没能生个儿子。我死后，当上英格兰国王的没准儿就是莫桀。”

“如果他想叛国，”说着，蓝斯洛紧紧地握着拳头，“我一定会亲手杀了他。”

他的手臂上立刻出现了一只浮着蓝色血管的手。

“求你了，千万别这么做，蓝斯。不管莫桀做了什么，哪怕是要我的命，你也要答应我，你要记住，从某种意义来说，他是这个血统的继承人。我不得不承认，我的确是罪人……”

“亚瑟，”王后大声说，“不是这样的。太荒唐了，你让我觉得很惭愧。”

“你不认为我是个罪人吗？”他吃惊地问道。

“当然不是。”

“但是依我看，一旦那些孩子的事情传开……”

“就再也没有人会这样想了。”蓝斯洛激动地大喊道。

国王在火光中站起来，眼睛里闪烁着迷惑和宽慰的神情。对他来说，为自己开脱才是这世界上最荒唐的事，但他对他们的爱感激不已。

“好吧，”他说，“不管怎么样，我再也不会给自己扣上罪人的帽子了。国王要做的，是尽可能避免流血事件的发生，而不是成为流血事件的始作俑者。”

他再次看了看他们。

“所以现在，我亲爱的，”他下了一个令人愉快的结论，“我要去一趟请愿法庭，给我们那有名的司法安排一些事。你就在这里陪珍妮吧，蓝斯，我的好伙伴，听完那个不幸的故事之后，好好安慰安慰她。”

第五章

亚瑟说要去为那个有名的司法安排一些事，并不是真的要去开庭。按照惯例，中世纪国王本人确实要在法庭上亮相，即便是在最近，亨利四世也是一样（他应该坐在国库和王位上）。但现在实在是太晚了，没办法做立法工作，亚瑟去读明天的请愿书，只是一种习惯，是他负责任的表现。现在，法律是他最感兴趣的事，也是他与强权对抗做出的最后努力。

尤瑟·潘德拉贡的时代只有一种不成熟，而且毫无理由地保护上流阶级的成规，根本没有法律。就算是现在，为了约束强权势力，国王不得不四处宣扬司法，同时还有三种法律在发挥作用。他试图将习惯法、教会法和罗马法融合为单一的法典，并且他还给这部法典取了一个名字——民法。他每天晚上都要一个人在司法室中安静地努力工作，仿佛受到心爱的姑娘的召唤。

司法室在宫殿的另一头，平时一个人都没有，现在却和往常不一样。

已经有五个人在室内等待国王，但首先引起我们这些现代访客注意的仍然可能是房间本身的模样。首先让人惊讶的是，房间被四周的挂毯围成了正方形；夜已经深了，窗户和门全都关得紧紧的，所以你会觉得房间就是个黑盒子：这种对称的封闭空间会让你产生一种奇怪的感觉，而这种感觉，关在瓶子里被毒死的蝴蝶一定体会深刻。你的心里可能正在犯嘀咕，这五个人到底是怎么被带到这里来的，这里和一座中国式迷宫没什么两样。四周的墙上，从天花板垂到地板的挂毯两两并列，无声地诉说着苏珊娜和两位长老的故事，色泽鲜艳而饱满。现在摆在我们面前的那些褪色物品，和这些让司法室变成一只彩绘盒子的五彩斑斓的挂毯没有任何关系。

这五个人的身影在烛光中摇曳。房间里设施简陋，根本不足以引起人们的注意——这里只有一张长桌和国王的高背椅，桌子上摊着的就是要给国王检查的羊皮纸卷，以及角落一组成套的加高阅读桌椅。在这个屋子里，所有的色彩都聚集在墙面和这五个人身上。乍一看，他们的着装是一样的，都穿着丝质铠甲衬衣，盾徽是山形纹，中间有三个蓟花纹，但仔细观察就会知道，这几个兄弟为了彼此区分，运用了不同的排行标记，所以他们看上去特别像是一副摊开的扑克牌。这是加文一族，而他们还是和以前一样，总是吵得脸红脖子粗。

加文说："阿格凡，我说最后一次，别再讲那些浑账话了，可以吗？这事和我没关系，我不想出力，也没有参与的兴趣。"

"我也是。"加瑞斯说。

"还有我。"加赫里斯说。

“如果你们执意这样做，整个氏族早晚会四分五裂的。我已经说得再清楚不过了，我们都不会帮你们。你们必须靠自己。”

莫桀耐着性子等候着，眼神中却满是不屑。

“我支持阿格凡，”他说，“蓝斯洛和我舅母给我们所有人扣上了耻辱的帽子。如果你们都不想扛这个责任，那就交给阿格凡和我吧。”

加瑞斯突然转过来看着他。

“这种丢脸的事情确实非你莫属。”

“谢谢。”

加文努力地想缓和气氛，但不得不说，他天生就不善于与人斡旋，所以他的努力和地震一样明显。

“莫桀，”他说，“求你了，能不能讲点道理？做个勇敢正直的人吧，这比什么都重要，至于这件事嘛，先放在一边吧。我比你大，我能预料这些做之后会导致什么恶果。”

“我才顾不了这些，我一定要去找国王。”

“阿格凡，如果你们这样做，战争就无法避免了。你看出来了没有？这样一来，亚瑟和就不得不与蓝斯洛为敌，不列颠国的国王会有一半因为蓝斯洛的威名而站在他那边，这样下去肯定会变成内战。”

这位全氏族的领袖的腿像灌了铅一样，缓慢地走向阿格凡，挥舞着巨大的手掌拍着他，仿佛一只天性纯良的动物在表演杂耍。

“嗨，老弟。今天早上不就是一点小争执吗？没什么好记的。每个男人心里都有一股冲动，但不管怎么说，我们都是兄弟。我实在想不通，你明知道蓝斯洛为我们所做的一切，为什么还要和他作对呢？你难道忘了吗？是他从特昆爵士手中救了你和莫桀的，他是你们的救命恩人。老弟，他还从多罗瑞斯塔的卡拉铎爵士手中救了我一命。”

“他做这些，完全是为了他自己的荣誉。”加瑞斯转向莫桀。

“在我们之间，你怎么说蓝斯洛和桂妮薇都无所谓，因为很不幸，这一切都是真的。但是如果你对他们冷嘲热讽，我绝不答应。我刚开始到宫廷时只是一个小小的见习骑士，他是唯一对我好的人。他根本不认识我，却耐心地教我一些诀窍，并不断地鼓励我，还为我挺身而出对抗凯伊，他也是册封我为骑士的人。谁都知道，他从来没有做过卑鄙下流的事。”

“当我还很年轻的时候，”加文说，“因为上帝的宽待，我陷入了一场备受争议的战争，怒火中烧——没错，某人拼命求饶，我却毫不留情地杀了他，后来还杀了一个少女。蓝斯洛却不同，他从来没有欺负过比他弱小的人。”

加赫里斯补充道：“他对年轻骑士们很好，而且会帮助他们赢得长矛比试。我真是不明白，你们为什么不喜欢他。”

莫桀耸了耸肩，整理了一下外套的袖子，假装要打呵欠。

“说到蓝斯洛，”他说，“是阿格凡要找他。至于我的仇人，是那位快乐的君主。”

“不，不可能，”加瑞斯说，“据我所知，他是全世界最伟大的人。”

“你对他不过是学校男孩的崇拜之情罢了……”

挂毯另一端的门铰链吱嘎作响，门把手也发出了难听的声响。

“行了，阿格凡，”加文温和地劝说道，“说那些事有什么意义呢？”

“不，我偏要说。”

亚瑟的手拉起了帘幕。

“求你了，莫桀。”加瑞斯轻声说。

国王走进房间。

“为了公平起见，”莫桀加大声音说，好让大家都听清楚，“不管怎么样，我们的圆桌都不能少了司法。”

阿格凡假装没注意到有人来了，大声地回答道：“是时候说出事情的真相了。”

“莫桀，闭嘴！”

“而且只说真相！”那个驼子给出了这样的结论，一派胜利者的口吻。

亚瑟从宫中的石砌走廊中走过，脑子里想的全都是眼前的工作，他耐心地站在门口等着，丝毫没觉得惊讶。那些身上佩着山形纹和蓟花纹的男人转向他，幸运地成为这位老国王最后的荣耀时刻的见证者。他们一言不发地站了好几秒后，加瑞斯痛心地认清了国王真正的模样。站在他面前的，不是一位浪漫的英雄，而是一个力求把任何事情都做到极致的凡人；他不是骑士精神的领袖，而只是一个脑子里充满了疑问的孩子，试图忠于他那位古怪的魔法导师；他不是英格兰王亚瑟，而是一个孤苦无依的老人，在命运的齿牙之间，将自己大半辈子的宝贵时光奉献给了这顶王冠。

加瑞斯跪在了地上。

“我发誓，这事和我们无关。”

加文沉重而缓慢地屈单膝，跪在他旁边。

“大人，我是来这里劝我弟弟的，但他们都不听我的。他们说什么都不要紧，反正我不会听他们的。”

最后，加赫里斯也跪了下来。

“在他们开口之前，我们就想离开。”

亚瑟走进房里，轻轻地把加文扶了起来。

“你们想走就走吧，亲爱的，”他说，“但愿我没有给你们家族惹麻烦。”

加文阴着脸看向另一边的人。

“麻烦？当然有。这个麻烦，”他说，古老的骑士语又蹦了出来，将它像斗篷一样披在身上，“不仅会摧毁全世界骑士道的精粹，还会损伤我们高贵的情谊，而这两位郁郁骑士就是罪魁祸首。”

加文轻蔑地迅速走开，他把加赫里斯推在前面，跟在他屁股后面的则是加瑞斯，一脸无助的加瑞斯。同时，国王一言不发地走向王室。他从位子上拿起两个坐垫，放在台阶上。

“好了，外甥们，”他平和地说，“坐吧，说说你们想要我干吗。”

“我们站着就行了。”

“随你们吧。”

这样的开头与阿格凡的策略并不相符，他毫不犹豫地拒绝道：“啊，莫桀，还是算了吧。我们不是来和尊敬的国王吵架的，我们从来没有这样想过。”

“我要站着。”

阿格凡谦卑地坐在坐垫上。

“需要两个坐垫吗？”

“不用了，谢谢，大人。”

老人看着他们，等待着，就像一个即将被吊死的人，也许会屈服于刽子手，却会自己主动上套索。他带着某种疲惫的嘲讽注视着眼前的一切，将这项工作推给了他们。

“闭嘴，”阿格凡不情愿地说，“应该是最明智的做法。”

“也许吧。”

莫桀全力出击。

“这实在太荒唐了。我们之所以来，是为了告诉我们的舅舅一些事情，他有权知道这件事。”

“不怎么愉快的事。”

“这样的话，亲爱的孩子们，只要你们愿意，我们还是别谈这件事了吧？春天的夜晚好美啊，何必浪费在那些不愉快的事上呢？所以，你们两个为什么不去和加文讲和呢？你们明天不是要去打猎吗，正好要他把那只聪明的苍鹰借给你们。王后刚才说，她想要一只不错的幼兔当晚餐。”

他正在为她而战，说不定也是为了他们所有人。

莫桀用炽烈的眼神注视着他父亲，出其不意地宣告：“我们想告诉您一件宫廷里的人都知道的一件事，桂妮薇和蓝斯洛是公开的情人关系。”

老人弯下身，把披饰弄直。他猛地将它盖在脚上，因为他觉得脚有点凉，然后再次把身体挺得直直的，目光投在他们的脸上。

“你们已经准备好为这项指控提供证据吗？”

“没错。”

“你们知道吗，”他和蔼地问他们，“这样的指控，早就有人做过。”

“如果没有，那才奇怪呢。”

“那个叫梅里亚格兰斯爵士的人，是最近一次造这个谣的人。但由于这件事证据不足，最后只能以个人对战来裁定判决。梅里亚格兰斯爵士指控王后叛国，并为了自己的主张而战。幸运的是，蓝斯洛爵士坚持相信王后。结果如何，你们应该没忘记吧？”

“没错，我们记得清清楚楚。”

“进行战斗审判时，梅里亚格兰斯爵士躺在地上，执意要向蓝斯洛爵士投降，谁都不能劝他起来，最好蓝斯洛提出一个条件，让他把头盔和左边的铠甲脱下来，并将一只手绑在后面。梅里亚格兰斯爵士接受了，但最后还是被砍倒了。”

“我们当然知道这些，”他们兄弟中最年轻的那个人不耐烦地嚷嚷道，“个人对战毫无意义，这根本就不能算是公平的司法，最后一定是那些暴徒赢了。”

亚瑟叹了口气，双手交叠。他始终没有提高音量，此时声音仍然很沉稳。

“莫桀，你太年轻了。你还要弄清楚一件事，那就是行使司法的形式几乎都是不公平的。在解决争端时，如果你能给出个人对战之外的方式，我非常乐意试试。”

“只因为蓝斯洛是最强的，而且总是和王后统一战线，但这并不意味着王后永远是对的。”

“王后当然不可能永远都是对的。但是你想想看，只要我们卷入争端，就必须想办法解决。如果一项主张的真假不能被证实，就只能用另一种方式去解决，而这世界上，根本不存在对双方都公平的解决方式。莫桀，你无需亲自与王后的战士对决，完全可以以身体虚弱为由，让最强壮的人替你出战，当然，王后也可以这样做。在雇用讼师方面，情况也差不多。谁有钱，谁就可以雇用最昂贵的讼师或最昂贵的战士，自然而然就是胜利者，我们还有什么理由假装说这仅仅只是暴力呢？"

"不，阿格凡，"阿格凡刚想说话，他就接着说，"让我说完。我要把这些以个人对战做出判决的事说清楚。我听说，最关键的问题在于钱，或者钱和运气，此外，当然还有上帝的旨意。要是两边财富相当，赢的那方更幸运，和丢同伴是同样的道理。好，你们能不能确定，如果你们指控王后叛国，谁的运气更好？"

阿格凡假装客气地发出了自己的演讲。他喝酒时总是小心翼翼的，所以他的手不再打战。

"抱歉，舅舅，这就是我刚刚想说的。我们不想以个人对战的方式解决这件事。"

亚瑟立刻抬起头看他。

"你清楚得很，"他说，"现在禁止进行神裁审判，而且，如果要作无罪宣誓，根本没办法为王后找到那么多贵族。"

阿格凡微笑着。

"我们对新法不太了解，"他流畅地说，"但在我们看来，如果一个说法能够在你的新法庭上得到证实，就失去了个人对战的理由。当然，不能排除我们搞错的例外。"

"陪审团审判。"莫桀爵士不屑一顾地说，"您是这么称呼它的吧？和某种行商法庭差不多。"

阿格凡冷酷的心充满了喜悦，心想："用他自己的武器逼死他。"

国王的手指在椅子扶手上敲打着，此刻，他们连推带拉地将他逼了回来。他一字一句地说："你们对新法的了解令人佩服啊。"

"打个比方，舅舅，要是有人亲眼看到蓝斯洛和桂妮薇睡在一张床上，还有什么必要进行战斗审判呢？"

"阿格凡，抱歉，就算我们是亲戚，也请你尊重她，称呼她为舅母——至少在我面前是这样。"

"珍妮舅妈。"莫桀说。

"没错，我曾亲耳听到，蓝斯洛就是这样称呼她的。"

"'珍妮舅妈'！'蓝斯洛爵士'！'抱歉'！他俩说不定正在接吻呢。"

"你太放肆了，莫桀，嘴巴放干净点儿，否则请你立刻离开。"

"我相信他不是故意的，舅舅。他是因为你的名誉受损才激动的。我们只是想伸张正义，而且……嗯……而且因为他'家族'的缘故，他的感受更深刻。是这样吧，莫桀？"

"该死，我才不关心我的'家族'呢。"

国王的脸色显得更加憔悴了，他叹着气，但还是保持着耐心。

"好吧，莫桀，"他说，"别再为这些小事争吵了。放心吧，以后你想怎么对他们都行，我不会再因为你对他们无礼而责怪你了。我说我的妻子和我最好的朋友偷情，而且已经掌握了确凿的证据，所以，我们就好好聊聊这件事吧。我想，你应该知道这项指控意味着什么吧？"

"不，我不知道。"

"无论如何，我确定阿格凡非常清楚这一点。这项指控意味着，如果你执意要提出民事证据，而不向荣誉庭提出控诉，我们就会按照民事证据的流程处理这件事。如果你们的案子最后成立了，那位从特昆爵士手中解救你们的男人就会掉脑袋，我深爱的妻子也会因叛国罪而被烧死。如果你们的案子不成立，我有必要提醒你，莫桀，你不仅会被放逐，还会失去所有的继承权。还有阿格凡，他做出这项指控，所以必须承担叛国罪名，火刑台就是他的最后归宿。”

“我要让大家都知道，我们的案子很快就能成立。”

“好极了，阿格凡，我承认，你是个厉害的律师，而且早就做好了用法律手段解决问题的打算。我想提醒你们一下，这世界上有一种东西叫慈悲，这应该没什么用吧？”

“是那种，”莫桀说，“要施给那些被放在船上随水漂的孩子的慈悲吗？”

“谢谢你，莫桀。我差点忘了。”

“我们根本不想要慈悲，”阿格凡说，“司法才是我们真正想要的。”

“我知道。”

亚瑟把手肘放在膝上，把整个脸埋在手掌中。为了集中责任和尊严的力量，他坐在那里消沉了很长时间，然后在双手的阴影中开始说话。

“你有什么计划？”

这个高大的男人一直是彬彬有礼的。

“如果舅舅答应晚上就走，我们会带领一支武装部队去王后房间抓蓝斯洛。在他去之前，你必须先离开这里。”

“我怎么能给我的妻子挖陷阱呢？阿格凡。取得证据明明是你们的责任，我说得没错吧？我觉得这样说非常公平。

当然，我完全有拒绝成为某种同谋的权利。在我的职责当中，我没有义务为了帮助你们而默默地走开。不，我可以问心无愧地拒绝你。”

“但你能永远留在这儿吗？想想，你总不能为了阻止蓝斯洛接近王后，就一辈子把自己和王后捆在一起吧？下周，你是不是要去参加狩猎大会？如果你不去，那就是故意改变行踪，目的是伸张正义。”

“任何人都无法阻止伸张正义，阿格凡。”

“那么，亚瑟舅舅，你会准时去参加狩猎大会；如果蓝斯洛进了王后的房间，我们也获准闯进去拿人了？”

他看上去兴高采烈、流里流气的，就连莫桀都觉得厌恶不已。国王站在那里，把袍子拉起来，把身体裹起来，可能是觉得有点冷。

“我们会去的。”

“你不会事先告诉他们吧？”听声音，那人兴奋得都有点结巴了，“听到这项控诉后，你会不会去警告他们？听好了，这样不公平。”

“公平？”他问。

他远远地看着他们，好像在称量着真相、正义、邪恶和人性。

“没问题。”

他将目光从遥远的地方收回来，直直地盯着他们，闪烁着和游隼一样的光芒。

“但是，莫桀、阿格凡，我必须以我个人的身份事先声明，我现在唯一想做的，就是要蓝斯洛把你们两个和所有目击证人杀死——我的蓝斯洛完全有这个能力，这一点我百分百确信。此外，站在司法首长的位子上，我还必须正式地通知你们，如果你们这项可怕的指控失败了，我一定会把你们提出的严苛法律统统用到你们自己身上，我会毫不留情地追捕你们，说到做到。”

第六章

蓝斯洛知道国王去新森林打猎了，所以确信王后会派人过来叫他。他的卧房里暗暗的，只在圣像前面放着一盏灯，而他穿着一件家居袍子踱着步，穿着一件色泽亮丽的袍子之外，然后只在头上缠着某种东西，和穆斯林的头巾差不多。他正打算上床睡觉，因此，他几乎全裸。

房间里很昏暗，和奢华根本不沾边。墙面光溜溜的，小而硬的卧榻连遮篷都没有。窗子没有安装玻璃，上面覆盖的是一种浸了油、不透光的亚麻布。这种朴素的战时卧房一般是伟大的司令官的，里面只有一张椅子或一口老箱子——据说，威灵顿公爵以前住在沃尔默堡的时候，一直睡在行军床上。蓝斯洛房里躺着一个用金属接榫的箱子，看起来和棺材很像，除了这个箱子和那张床之外，只有他那把巨剑，用皮绳吊在墙上。

放在箱子上的是一个壶盔。他有时会把它拿到圣像灯前，站在那里看着他在钢铁上的映影，一脸困惑的表情，和很久以前那个男孩的表情一模一样。他把它放下来，接着在房里走来走去。

轻轻敲门的声音响起时，他还以为是信号来了。他拿起剑，把手伸向门闩，门却自动打开了。站在门外的是加瑞斯。

“我能进来吗？”

“加瑞斯。”

他吃惊地看着他，然后说：“快进来，很高兴见到你！”听语气，他的热情不太高。

“蓝斯洛，我是来警告你的。”

那老人凑过来看了他一眼，咧着嘴笑了。

“上帝啊！”他说，“但愿你警告我的不是什么大事。”

“没错，就是大事，严重得很。”

“好吧，进来后把门关上。”

“蓝斯洛，是王后的事。我不知道从哪里开始说。”

“那就干脆别说了。”

他抓住这个年轻人的双肩，把他向门边推。

“你特意来警告，我觉得挺感动，”他说，同时用双手捏着对方的肩膀，“但是，你能告诉我什么我不知道的事呢？”

“嗯，蓝斯洛，你知道，只要能帮上你的忙，我愿意付出任何代价。如果别人知道我来见你，还不知道他们会怎么想呢。但是不管怎么样，我不能假装不知道这件事。”

“到底怎么了？”

他停下脚步，又看了看加瑞斯。

“是阿格凡和莫桀。他们恨透了你。说得更准确点，是阿格凡恨你。他嫉妒你。莫桀最恨的人是亚瑟。为了阻止他们，我们想尽了办法，但他们还是固执己见。加文说这件事和他无关，加赫里斯则是个毫无主见的人。所以我只能亲自来一趟。我冒着背叛自家兄弟和整个氏族的风险来找你，因为是你给了我一切，作为报答，我绝不能让此事发生。”

“可怜的加瑞斯！你为什么要让自己陷入如此困境呢？”

“他们去找国王，毫不避讳地说你进了王后的卧房。我们努力地想要阻止他们，虽然我们并没有留下来听他们说，但他们说的肯定就是这件事。”

蓝斯洛松开他的肩膀，在房间里踱了两步。

“何必为这种事生气呢？”说着，他又走了回来。“早就有人说这样的事，还不是什么事都没有？放心吧，什么事都没有。”

“不，这次一定躲不过了。我的直觉告诉我，这次会出事。”

“别再胡言乱语了。”

“我没有胡说，蓝斯洛。他们恨死你了。梅里亚格兰斯的事情发生后，他们不会再用战斗审判了。这帮狡猾的家伙。他们会想方设法来对付你，说不定会暗算你。”

但是，老兵只是笑着拍了拍他。

“别胡思乱想了，行吗？”他说，“朋友，回家睡觉吧，彻底忘了这件事。您能来找我，我非常感动——不过，你还是赶紧回家吧，放心，好好睡一觉。如果因为这些闲言碎语而大惊小怪，那恐怕他再也没办法打猎了。”

加瑞斯咬着手指，鼓起勇气说实话。

最后，他说：“请今晚千万不要去找王后。”

蓝斯洛吃惊地挑起一边的眉毛，但很快就放了下来。

“为什么？”

“那一定是个陷阱。我敢说，国王今晚肯定是故意离开的，他算准了你会去找她，就会被阿格凡逮个正着。”

“亚瑟怎么可能做这样的事呢？”

“但他确实做了。”

“瞎说八道，你还在接受保姆的照顾时我就认识亚瑟了，他绝不会做这样的事。”

“但这是在冒险。”

“如果真的有危险，我会好好抓住这个享用的机会。”

“求你了！”

这一回，他把手放在加瑞斯背上，使劲儿地把他推出去。

“好了，亲爱的见习骑士，挺好了。首先，我了解亚瑟；其次，我了解阿格凡。你认为我应该怕他吗？”

“但是，你背叛了他……”

“加瑞斯，我年轻的时候，看见一位贵妇人追着一只扯断了放鹰绳的游隼，从我身边跑过。放鹰绳拖在底下，缠上了一棵树，所以那只游隼被绑在了树顶。那位贵妇人请求我爬到那棵树上，把她的鹰带下来。我不会爬树，但我还是爬到树顶，而就在我解开那只鹰的时候，那位贵妇人的丈夫全副武装地冒了出来，嚷嚷着要砍掉我的头。我后来才想明白，这件事其实就是一个陷阱，贵妇人只是想诱使我脱掉铠甲，好让我落到她丈夫手中。那时，我在树上，只穿着衬衣，连把匕首都没有。”

“真的？”

“嗯，我用一根树枝敲他的脑袋。现在，辉煌的日子一去不复返，而我们全都深受风湿的折磨，即便如此，他也比可怜的老阿格凡像样得多。”

“我知道，你对付阿格凡简直是小菜一碟，但如果他带来的是一支武装队伍呢？”

“我知道不会的。”

“他会。”

门上传来一声轻敲。也许是老鼠干的，但蓝斯洛的双眼变得冷冰冰的，没有任何表情。

“这个嘛，如果他真的做的了，”他简短地说，“除了和那支军队过过招，还能怎么办呢？不过，这仅仅只是我的幻想而已。”

“你今晚非要去吗？”

此时，他们已经来到门边，国王的司令官的语气听上去很坚决。

“听好，”他说，“如果你一定要知道，王后已经派人来找我了。要是国王召见我，我总不能拒绝吧？你说呢？”

“所以，就算我背叛了先民，也只是徒劳。”

“怎么会是徒劳呢？你勇敢地面对这件事，这会让那些知道的人敬爱你。不过，我们完全可以信任亚瑟。”

“所以，你非要去？”

“没错，厨房的见习骑士，而且我马上就要去了。天啊，别伤心了。就让那些坏胚子去处理这些事，赶快去睡觉吧。”

“意思就是，我们要说再见了。”

“瞎说，说晚安还差不多。再说，王后还在等着我们呢。”

老人不费力气就把一件披饰甩过肩膀，年少时的骄气隐约可见。

“要是我能阻止你就好了。”

“但问题是，你不能。”

他踏进通道的黑暗之中，把这件事忘得一干二净，然后消失得无影无踪。而他的剑，就是被他抛在脑后的那样东西。

第七章

桂妮薇的寝室富丽堂皇，此刻，她正坐在闪烁的烛光下梳理着自己的灰发，耐心地期盼着蓝斯洛的身影。她看起来美极了，和电影明星的那种美不一样，而是一种灵魂有所成长的女性美。她独自唱着歌，那是——居然是——一首赞美诗《圣灵降临歌》，据说是一位教宗的作品。

烛火静静地站立在夜晚的空气中，映射在散缀床顶深蓝色罩篷的金色小狮子上。发梳和发上的拼贴装饰闪闪发光，一口大箱子的磨光黄铜嵌板上镶的是圣徒和天使的珐琅装饰，墙上的织锦挂帘皱褶轻柔，闪闪发亮，地板上还铺了一条精美绝伦的毯子，房间内极尽奢华，应该受到谴责。那条毯子最初并不只是用来铺地板的，所以走在上面会让人感到忐忑不安。亚瑟走过时总是会刻意地绕过它。

桂妮薇一边欢快地唱着歌，一边轻柔地刷着头发，正在这时，门轻轻地打开了。她的声音低沉而迷人，和静立不动的烛火遥相呼应。最高司令官把他的黑色披风放在底下的箱子上，走过去站在她身后。镜子里折射出他的样子，她看到后显得非常平静。

“让我来帮你吧。”

“当然没问题。”

他拿起发刷，和手一起熟练地从他那披垂的银雪一扫而过，王后闭上了眼睛。

过了好一会儿，他才开口说话。

“这好像……我也说不清这到底像什么。不像丝，更像是倾泻的流水，但和云也挺像的。云是水凝成的，是吧？它是白茫茫的雾气，还是冬天的海洋？瀑布，还是结霜的稻草堆？我想起来了，应该是稻草，深邃而柔软，香气扑鼻。”

“这个讨厌的东西。”她说。

“它是海洋，”他一本正经地说，“我出生的海洋。”

王后睁开双眼，问道：“你没被别人发现吧？”

“没有。”

“亚瑟说他明天回来。”

“他说的吗？瞧瞧，这里有根白头发。”

“来，我帮你拔掉。”

“可怜的头发，”他说，“真细啊！珍妮，你的头发为什么会这么美丽呢？我看看，差不多要用六条编成一条，才和我的头发差不多粗。真的要拔掉它吗？”

“没错，拔吧。”

“会不会痛？”

“不会。”

“为什么不会？小时候，我经常拔姐妹们的头发，当然，她们也会拔我的，痛得要命。我发现，年纪大了以后，感受力也会慢慢变差，所以很难忍受痛苦和快乐，是这样吗？”

“当然不是。”她解释道，“其实是因为你只拔了一根。

如果你一下子拔掉一把头发，我肯定会疼死的。快来吧。”

他低着头，好让她能碰到，而她那雪白的手臂向后伸出，用手指绕住他额头前的头发，拼命地拉着，疼得嗷嗷大叫。

“哈哈，还是会痛。真是大快人心啊！”

“你的姐妹也是这样扯你头发的吗？”

“没错，但是我的力气更大。她们两个每次看见我靠近，就会下意识地用双手护着自己的辫子，然后瞪着我。”

她笑了。

“我很庆幸，我不是你的姐妹。”

“哈哈，我怎么会拉你的头发呢？它太美了。我还是对它做点其他的事吧。”

“说来听听。”

“我……嗯，要不像睡鼠一样蜷缩在里面睡觉吧？我现在就想这么做。”

“弄完再说也不晚。”

“珍妮，”他突然问道，“你觉得咱们还能继续吗？”

“什么意思？”

“加瑞斯刚来找我，警告我们说亚瑟是故意离开的，还给我们挖了个陷阱，命令阿格凡和莫桀来抓我们。”

“亚瑟绝不是这样的人。”

“和我想的一样。”

“除非有人逼他。”她想了好一会儿，说。

“我实在不知道，那些人会怎么逼他。”

她突然岔开了话题。

“加瑞斯真不错，竟然愿意和自己的兄弟作对。”

“你知道吗？这宫廷里的好人少得可怜，而他就是其中之一。加文也是个正派的人，却是个暴脾气，而且他很记仇。”

“他很忠诚。”

“对。亚瑟曾说，如果你不是奥克尼家的人，那你一定会觉得他们很可怕；但如果你是这个家族的一员，那你应该为自己的幸运欢呼。他们打架的时候像猫一样凶狠，他们对彼此的爱却是真诚的。他们是一族的。”

不知道怎么回事，王后刻意改变话题，结果却再次让她回到了原来的轨道。

“蓝斯，”她一脸惊恐地问，“依你看，他们会逼国王做什么事呢？”

“什么意思？”

“亚瑟浑身上下散发着一种令人可怕的正义感。”

“我不明白。”

“他上星期说的那些话，应该只是想警告我们。听！你听到什么了吗？”

“没有。”

“我好像听到门边有人。”

“我去看看。”

他打开门，却连人影都没看见。

“假警报。”

“还是把门闩上吧。”

他滑过闩木——其实就是五英寸厚的粗橡木棒，深深插进厚墙洞中。他再次走到进烛火旁，把王后闪亮的发丝分成容易处理的发束，双手灵活地跳动着，瞬间就把它们编成了辫子。

“有什么好紧张的？真可笑。”他说。

然而，她还是自顾自沉思，并用一个问题来作为对他的回答。

“你还记得崔斯坦和伊索德吗？”

“是的。”

“崔斯坦以前和马克王的妻子偷情，所以被马克王杀了。”

“崔斯坦真是个傻瓜。”

“我觉得他挺好的。”

“那是他让你这么想的。但是你要知道，他是康瓦耳骑士，和其他康瓦耳骑士都是一个德行。”

“有人说他是除了蓝斯洛之外全世界最好的骑士。排在他后面的是拉莫瑞克爵士……”

“这只是人们在闲谈，千万不要当真。”

“你说他是个傻瓜，到底是怎么回事？”她问。

“嗯，这要追溯到很久很久以前。你不知道亚瑟设立圆桌之前的骑士的模样，自然不知道你的丈夫是个多么了不起的天才。你也不了解崔斯坦，嗯，就拿加瑞斯举例吧，有什么区别。”

“有什么区别？”

“过去，骑士们都自私无比，心里只有他们自己。那些老骑士全都是海盗，布鲁斯·索恩斯·匹帖爵士就是这样。他们清楚得很，铠甲就是他们的保护伞，一穿上铠甲，他们就天下无敌，谁都不怕了，杀人、淫乱，为所欲为。亚瑟登基的时候，他们气得要命。你知道的，他相信这世上是有是非对错的。”

“他一直是这样认为的。”

“值得庆幸的是，他的个性也和他的这个想法一样顽固。他只是觉得人们为人处世时应该温和一些，却差不多用了五年的时间才略有进展。他将温和行事的理念灌注给了很多骑士，而我一定是头一批。我年轻时就接受了这个理念，而且在他的努力下，这个念头已经融入了我的生命，成了我的一部分。人们总是夸赞我是个完美、温文尔雅的骑士，但事实上，这完全是亚瑟的功劳，和我毫无关系。他让加瑞斯这些年轻一代有同样的期许，如今，这已经变成了一种流行。在寻找圣杯的过程中，这个理念就像是指引我们前进的一盏明灯。”

“你为什么要说崔斯坦是傻瓜呢？”

“这个嘛，他本来就是傻瓜啊！亚瑟说过，他是个小丑。他住在康瓦耳，从来没有接受过亚瑟教育理念的熏陶，但还是准确无误地抓住了这个流行风尚。他的脑子被各种断章取义的念头塞满了，认为有名的骑士就是彬彬有礼的，也迫切地想追赶时代的潮流，却没有真正了解这个理念，内心对这个理念没有任何感觉。说得直白一点，他就是在模仿。他并不是一个温文尔雅的人，他对妻子非常恶劣，而且因为帕洛米德是个黑人，就老是欺负他，此外，他还给马克王戴了一顶大大的绿帽子。康瓦耳骑士的作风比较老派，心里一直很抵触亚瑟的理念，就算他们真的掌握了其中某部分也是如此。”

“就像阿格凡。”

“对，阿格凡的母亲就是康瓦耳人。我是一直坚定地奉行这个理念，阿格凡才会这样恨我。这件事挺有意思的，但是我们三个——拉莫瑞克、崔斯坦和我，曾是人们眼中最好的骑士，更是老派骑士的眼中钉。崔斯坦一直在仿效亚瑟的理念，所以他被杀的时候，那些老骑士高兴得手舞足蹈；当然，以背叛的罪名杀死拉莫瑞克的就是加文家族的人，这是永远无法改变的事实。”

“依我看，”她说，“阿格凡之所以恨你，其实还是因为酸葡萄的老一套。我觉得他不会在意那个理念，但他非常嫉妒比他优秀的战士。他去欢乐堡的途中败给了崔斯坦，所以他讨厌崔斯坦；而崔斯坦在长矛竞技排名赛中打败了他，所以他才会帮着杀死拉莫瑞克；至于你嘛，你们较量的时候，他总共掉下马多少次？”

“我忘了。”

“蓝斯，你发现了吗？他憎恨的人中，已经死了两个。”

“人早晚会死。”

突然，王后一把扯过发辫，从椅子扭过身来，一手抓着辫子，怒视着他。

“我觉得加瑞斯说的都是真的。我认为，抓我们的人今晚就会来。”

她从椅子上跳下来，把他往门外推。

“快点，现在走还来得及。”

“但是，珍妮……”

“不，没有但是，我能感觉到这是真的。喏，拿好你的斗篷。嗯，蓝斯，求你了，快点走吧。他们从背后给了拉莫瑞克爵士一刀。”

“珍妮，犯不着为没影的事惊慌。也许，这只是我们的幻想……”

“这不是幻想。你听，你好好听听。”

“我什么都没听见。”

“瞧瞧那扇门。”

他们眼睁睁地看着用来拉起门上插销的把手（一块长得像马蹄一样的锻铁）慢慢地向左移动，像只螃蟹一样不确定地移动。

“门怎么回事？”

“看那把手。”

他们一动不动地站在那里，像被施了魔法似的看着那把手盲目地拉动。

“啊，上帝，”她轻声说，“已经来不及了。”

那根把手落下，锻铁敲在门板的木头上时发出了巨响。那是一扇加厚的双层木门，牢固无比，其中一层木板的纹理是直的，另一层则是横的，此时，一只金属手套正在使劲儿地捶打着门的另一侧。阿格凡的声音回荡在他头盔的孔穴中，大喊道：“开门！这是国王的命令！”

“这下完蛋了！”她说。

“叛徒骑士，”金属撞击木头时发出了巨大的声响，门那头的声音大喊，“蓝斯洛爵士！你们已经被包围了。”

外面那阵吼叫的行列中又多了许多其他的声音。众多甲具的关节立刻放弃了警戒状态，在石梯上发出了铿锵铿锵的声音。门板疯狂地撞击在闩木上。

不知道怎么回事，蓝斯洛开始说起了骑士语。

“房间里有铠甲吗？”他问，“可以遮挡身体的铠甲。”

“铠甲？没有，什么都没有？甚至连剑都没有。”

他面对着那扇门站着，一脸困惑而专注的表情，一边还咬着手指。有好几双拳头正在捶打那扇门，所以它震晃得非常厉害，不知道的还以为是一群猎犬呢。

“嗯，蓝斯洛，”她说，“还是别打了，再说，你什么武器都没有。他们全副武装，而且人多势众，我们输定了，你会被杀死，我则会被送上断头台，我们的爱情很快就要画上苦涩的句号。”

他因为自己的无能为力而开始生气。

“给我一副铠甲就够了，”他气冲冲地说，“让我像只掉进井里的青蛙一样被抓，这简直太可笑了。”

他看了看周围，诅咒自己居然忘了带武器。

“叛徒骑士，”门外响起了轰隆隆的声音，“滚出王后的房间！”

门外响起了另一个美妙、沉着而欢快的声音：“你们要清楚，有十四名武装兵士在等着你们，你们插翅难逃。”那是莫桀的声音，门上的敲击声更响亮了。

“该死的！”他说，“不能让他们再继续敲了。我必须走了，否则，整个城堡的人都会被吵醒的。”

他转向王后，温柔地抱着她。

“珍妮，我能不能叫你最高贵的基督徒王后？你会坚强吗？”

“我亲爱的。”

“我最爱的老珍妮，能吻我一下吗？在我心里，你一直是一个特别的好女人。放心好了，谁都不能破坏我们的爱，别让这次吓着了。如果我死了，你可以去找波尔斯爵士，我的兄弟和侄子全都会照顾你的。或者写信给波尔斯或德马瑞斯，他们会看情况救你的。他们会护送你去欢乐堡，你就在我的领地安心地住下来，生活和现在的王后没什么两样。听明白了吗？”

“要是你死了，我也不想独活。”

“你会的。”他坚定地说，“我俩之中必须得有个人活着，这样才能解释我们的事，这非常重要。我知道，这很难，但你必须去做。还有，我要你祈祷。”

“不,让别人去祈祷吧。如果你死了,他们也不会放过我。放心，我会像个基督徒王后一样勇敢地去面对。”

他温柔地吻了吻她，让她坐在椅子上。

“现在还有什么好争论的？”他说，“我知道，不管发生什么，你永远都是那个珍妮，我也一直是那个蓝斯洛。”他仍然在仔细地打量着整个房间，不经意地说：“如果他们的目标是我一个人，那就还好，但他们非要把你拉进来，这实在太糟糕了。”

她看着他，眼泪吧嗒吧嗒地往下掉。

“我情愿用脚来换部分铠甲——哪怕只有一把剑，也足够给他们点颜色瞧瞧了。”

“蓝斯，如果我的死能换取你的平安，我一定会非常高兴的。”

“不，我会非常伤心的。”他回答道，似乎幽默感又回到了身边。“好吧，好吧，我们尽力而为。我要活动活动我这把老骨头了，但我还是挺高兴的。”

他把蜡烛放在里蒙日箱的盖子上，这样他开门的时候，那些蜡烛就跑到他后面。他捡起他的黑色斗篷，小心地将长的那一边折四折，然后缠在左手和前臂上，当作护手。他从床边拾起一只脚凳，用右手稳稳地拿着，接着最后一次环视整个房间。此时，房外的噪音越来越大，有两个人显然想用战斧破门而出，却被双层木门的交错纹理挡住了。他走到门边，扯着嗓子说话，门外突然变得静悄悄的。

“各位好大人，”他说，“停停，别再砍了，我马上开门，任凭各位大人处置。”

“那就赶紧出来。”他们慌忙叫道，“快出来啊。”“你们不要再作无谓的反抗了，反抗也没用。”“让我们进去。”“如果你随我们去见亚瑟王，我们就饶你一命。”

他单肩抵住不停震荡的门，轻轻地将闩木往回推进墙里，门外的人预感到有事要发生，终于停住了手里的战斧。他将右脚牢牢地踩在离门边侧柱大约两英尺的地方，然后打开门。门一颤，在他脚边停下，留下一道狭窄的开口，呈现出一道缝隙，而没有大开。接着，一位全副武装的骑士像悬丝傀儡一样顺从地独自窗了进来，蓝斯洛用力关上他身后的门，上闩，用衬着软垫的左手抓住那个人的剑柄，把他往前一推，伸脚一绊，赶在他摔到地上之前用凳子拼命地打他的头，只是一眨眼的工夫，他就一屁股坐在了对方胸口上——一如既往的敏捷。他在做这些事时一气呵成，看起来非常轻松，就像那个武装的人一点儿力气都没有。这个穿着高大铠甲、像巨塔一样高大魁梧的人进入房间，站了一会儿，透过头盔缝隙搜索敌人的身影，就像一只温顺的小猫一样——他好像是走进房里，把剑交给蓝斯洛后自己倒在地上的。现在，这个高大的铁人仍然一动不动地躺在那儿，赤脚的男人将剑尖狠狠地插进了头盔面甲。他用双手在剑柄端施力下压时，感受到了一些挣扎的颤动。

蓝斯洛站起来，在睡衣上擦了擦手。

“非常抱歉，他必须死。”

他打开面甲，看了一眼，“是奥克尼的阿格凡。”

门那头传来了一阵恐怖的叫喊，锤击声、砍劈声和诅咒声混杂在一起。蓝斯洛转过身子，看着王后。“帮我穿上铠甲。”他简短地说。她顺从地和他一起跪在尸体边，将关键的部分拆卸下来。

“听着，”他们在拆卸时，他说，“这会给我们一个公平的机会。如果我打败了他们，就会回来找你，我们一起去欢乐堡。”

“不，蓝斯。我们已经造成了太多的伤害。如果你冲出重围，一定要逃得远远的，直到事件平息为止。我要留在这里。要是亚瑟原谅我们，此事就能平息，到时候你就回来。如果他不原谅我，那你就回来救我。这个要怎么弄？”

“给我。”

“另一个在这儿。”

“我们还是一起走吧。”他一边试图说服桂妮薇，一边挣扎着穿上无袖短铠，和橄榄球员穿的运动衫差不多。

“不，如果我们一起走，就彻底完蛋了。但只要我留下来，我们就还有机会弥补。如果有必要，你肯定会来救我的。”

“我不想和你分开。”

“如果我被判刑，你就来救我，我答应你，到时候和你一起去欢乐堡。”

“不然呢？”

“用你的斗篷好好把头盔擦擦。”她说，“如果不是这样，那你很快就能回来，问题就应迎刃而解了。”

“好极了。嗯，这样就行了，不需要其他东西了。”

他握着鲜血淋漓的剑直起身子，用血红的眼睛死死地盯着自己的杀母仇人。

“加瑞斯的哥哥，”他沉思道，“他可能喝醉了。虽然这样说挺可笑的，但是——愿上帝让它安息！”

年老的女士让他面对着烛光。

“意思是，再见了。”她轻声说，“暂时再见了。”

“意思是，再见了。”

“吻我？”她问。

他穿着铠甲，身上血淋淋的，还覆盖着冷冰冰的金属片，所以他吻了她的手。两人同时想到了外面那十三个人，就像商量好了似的。

“我想让你带上个我的东西，蓝斯，还有，把你的东西留给我吧。你想和你交换戒指，可以吗？”

他们交换了。

“上帝与我的戒指同在，”她说，“就像我和它同在。”

蓝斯洛转过身，向门边走去。门外的人还在不停地大喊大叫：“滚出王后的房间！”“国王的叛徒！”“开门！”他们扯着嗓子制造噪音，唯一能达到的目的就是加快这桩丑闻传播的速度。他岔开双腿，镇定地面对着那团混乱，用荣誉的语言作出回答。

“安静，莫桀爵士，能否听我一句。所有人，马上离开此门，不要再吵闹，更不要再做出任何中伤他人的行为。赶紧离开这儿，保持安静。我明天会亲自求见国王，到时你们中若有人控告我叛国，自见分晓。之后，我会恪尽骑士的本分，对你们的控诉知无不言，言无不尽，表明我今日胸怀坦荡。等着吧，我一定会用实际行动来证明自己的话，并且好好地教训一下你们。”

“呸，你们这些可恶的叛徒，”莫桀的声音响起，“我们绝不会让你们这些无耻之徒称心如意的，我们对付你们，就像捏死蚂蚁一样。”

另一个人嚷嚷道：“亚瑟王亲授我们生杀之权，可让你们安然无恙，同样可以让你们脑袋搬家。”

蓝斯洛拉下面甲，将他那张隐蔽在阴影里的面孔遮得严严实实的，然后用剑尖推开门闩。只听砰的一声，坚固的木头开了，铁人和直立的火炬像潮水一样从门楣下涌了进来。

“嗯，诸位，”他严厉地说，“你们的风度去哪儿了？既然如此，那就别怪我不客气了。”

第八章

一周后，加文的族人在司法室中等待。窗户没有任何遮挡，在日光下，这个房间看上去和平时不太一样。此时，它不再是个没有感情的盒子，也不再是四面带着威胁或虚伪冷漠的墙壁,更不再是诱使哈姆雷特拔剑杀死鼠辈的挂毯陷阱。午后的阳光从窗口洒进来，把那张挂毯照得亮堂堂的，她在一座像是用玩具盖成的城堡城垛上，光溜溜地坐在浴盆里，一对浑圆饱满的乳房展现在人们面前——就是因为这束光，她认出了大卫，他就在隔壁屋顶上，头上戴着王冠、蓄着胡子、手里还拿着一把竖琴——这束光在一百匹马、成排并列的长矛、头盔和成套铠甲的地方形成涟漪，那正是乌利亚被杀的战争场景。敌方骑士击中乌利亚的腹部，他摔了下来，仿佛是一个经验丰富的潜水员。那把剑的一半已经扎进了他体内，这个可怜人眼看着就要一分为二了，伤口中还有密密麻麻的朱红色虫子源源不断地涌出来，应该是他的肠子。

加文阴郁地坐在旁边专门为诉愿人准备的长椅上，叉着手臂，头靠在挂毯上。加赫里斯坐在长桌上，正在调整鹰皮盔上的绳子，他想换了它们，这样皮盔就会更贴合。但是，绳子交缠的方式错综复杂，所以他把自己弄得乱七八糟的。加瑞斯站在他旁边，想抓住皮盔，因为他觉得这件事是小事一桩。莫桀面无血色，一只手臂吊着，通过其中一扇窗的炮眼向外面看。他还是觉得疼得不得了。

“应该要从这道缝底下过去。”加瑞斯说。

“我知道，我知道。但是，我想先把这个穿过去。”

“让我来试试。”

“很快就好。来了。”

莫桀站在窗边说：“刽子手要开始行动了。”

“哦。”

“这绝对是一场残酷的死刑。”他说，“他们用的是晒干的木头，一点儿烟都没有，所以，即使没有被呛死，她也会被烧死。”

“原来你是这样认为的。”加文看上去不太高兴。

“可怜的老女人。”莫桀说，“几乎所有的人民都在替她难过。”

加瑞斯突然转过身子看着他。

“这一点，你不是早就应该想到吗？”

“现在，上面。”加赫里斯说。

“我知道，”莫桀几乎是自言自语地接着说，“我们的国王大人就在这扇窗户外面，迫不及待地想观看这次执刑。”

加瑞斯暴跳如雷。

“你能不能别瞎说了？谁听了，都会觉得你是个以看别人烧死为乐趣的无聊之人。”

莫桀不屑一顾地回答道：“你也会呀，真的。恐怕只有你才会觉得这样说是错的吧？他们一定会烧死只穿着无袖连体内衣的她的。”

“看在上帝的面子上，闭嘴吧你。”

加赫里斯慢条斯理地说：“我不觉得，你有什么值得担心的。”

莫桀的目光突然转移到他身上。

“你是什么意思？他有什么好担心的？”

“没错。”加文气冲冲地说，“依你看，蓝斯洛不会来救她吗？我再重复一遍，他不是懦夫。”

莫桀的脑子迅速转动，一种忐忑不安的情绪瞬间取代了他在窗边的僵硬姿势。

“如果他想救她,战事就在所难免。亚瑟王会向他宣战。”

“亚瑟王会从这里往下看。”

“但是，这未免太奇怪了吧？”他再也控制不住自己的情绪，“你的意思是，蓝斯洛可以在我们的眼皮底下带走王后吗？”

“没错。”

“如果真的是这样，就没有人会受到惩罚了。”

“上帝啊，哥哥。”加瑞斯喊道，“你真的忍心看着她被烧成灰烬吗？”

“没错,就是这样。没错,就是这样。加文,你弟弟死了,你还要坐在这里，眼睁睁地看着事情发生吗？”

“我不是警告过阿格凡了吗？”

“加瑞斯！加赫里斯！你们这群胆小鬼！他能做什么啊？你们必须阻止这件事发生。你们的兄弟就是他杀的。”

“莫桀，到目前为止，我只知道是阿格凡率领十三名全副武装的骑士，企图趁蓝斯洛只穿睡袍之机杀了他。结果，阿格凡和十三个骑士都死了，除了一个人以外，他夹着尾巴逃跑了。

“我可没有逃跑。”

“你怎么还活着，莫桀？”

“加文，我发誓我没有逃跑。我拼尽全力和他打了，却被他打断了手臂，然后什么都做不了了。以上帝之名，我用我的名誉发誓，加文，我真的用全力和他打了。”

他差点儿就哭了。

“我不是胆小鬼。”

“如果你没逃跑，”加赫里斯说，“为什么其他人全都死了,只有你安然无恙？蓝斯洛为什么没杀你？为了毁灭人证，他肯定会把人全都杀死。”

“我的手臂被他打断了。”

“没错，但你活得好好的。”

“我发誓，我没撒谎。”

突然，臂上的疼痛和愤怒让这个大男人像孩子一样嗷嗷大叫。

“你们这些无耻的叛徒！永远是这样。你们反对我，不就是因为我不够强壮吗？你们都和那个大山一样的笨蛋是一伙儿的，都觉得我在撒谎。阿格凡死了，守灵式也结束了，你们却想放过所有的人。叛徒、叛徒！你们一直都是。”

在他崩溃时，国王出现了。亚瑟看上去累极了，他慢慢地走在国王的宝座上，然后示意他们坐下。加文坐回先前的长椅上，加瑞斯和加赫里斯却还是一动不动地站着，他们一脸怜悯地看着国王，还有背景音乐呢，就是莫桀的悲泣声。

亚瑟轻轻抚摸着他的前额。

“他怎么哭了？”他问。

“因为他在向我们解释，”加文说，“蓝斯洛杀了十三名骑士，却为什么饶了莫桀呢？原因再明显不过了，他俩惺惺相惜。”

“我可以解释。你知道的，十天前，我命令蓝斯洛爵士饶我儿子一命。”

莫桀苦涩地说：“实在太感谢了。”

“和我没关系，莫桀。你还是好好谢谢蓝斯洛吧。”

“我宁愿那时被他杀了。”

“真高兴他手下留情了。现在，我们已经掉进泥潭了，儿子，你的感恩之心呢？记住了，我们是父子，你是我唯一的亲人。”

“我宁愿从来没有来到这世上。”

“我也一样，可怜的孩子。但问题是，你已经出世了，所以我们必须竭尽全力。”

一种虚假的羞愧之情在莫桀脸上闪现，他恶狠狠地向他走去。

“父亲，”他说，“您知道蓝斯洛要来救她吗？”

“应该会。”

“您有没有派骑士去拦住他？您有没有安排士兵防守？”

“放心吧，我已经尽力加强守备了，莫桀。我一定会尽可能做到公平。”

“父亲，”他热情地说，“让加文和这两位去对付蓝斯洛吧，他肯定会率领大队人马。”

“加文？”国王问。

“谢了，舅舅。您能不能别这样要求我？”

“加文，我这样要求你，对那里的守卫才是公平的。你知道的，如果我明知道蓝斯洛会来，守备肯定不能弱呀。因为那是对我自己人的背叛。他们会死的。”

“无论您有没有要求我，都请您让别人见识您至高无上的王权吧。反正我不会去的。我对这件事没兴趣。我不忍心看见桂妮薇被烧死。事实上，我不想让她上火刑台，更不会帮忙执行火刑。我要说的就是这些。”

“听上去，这就是叛国。”

“也许吧，但我是真心地喜欢王后。”

“我也是，加文。她是我的妻子啊。但现在，这已经涉及司法的范畴，怎么能只考虑我自己的感受呢？”

“我想，我不能完全忽略自己的感受。”

国王转向其他人。

“加瑞斯？加赫里斯？赶快穿上铠甲去参加守备，可以吗？”

“舅舅，求您不要逼我们。”

“我也不想这样，加瑞斯。”

“我知道这不是您的本意，但求您放过我们吧。蓝斯洛是我的朋友，我怎么能和他决战呢？”

国王碰了碰他的手。

“亲爱的，蓝斯洛才不会在乎对手是谁呢，他应该希望你去。因为他也对司法深信不疑。”

“舅舅，我真的没办法与他为敌。册封我为骑士的人是他。如果你非要我去，那我就去，但我会空着手去。我想，我应该也算是个叛徒。”

“就算我的手臂断了，”莫桀说，“我照样要披甲上阵。”

加文语气尖刻地说："你应该没事了，疯子。国王已经下令，不准蓝斯洛伤害你。"

"叛徒！"

"加赫里斯怎么样了？"国王问。

"我和加赫里斯一起去，没有任何武装。"

"这大概是我们唯一能做的了。但愿我们已经尽力而为了。"

加文从椅子上站起身，带着笨拙的同情，迈着沉重的步伐向国王走去。

"您做得比所有人想到的更多。"他亲切地说，用厚厚的手掌握住国王爬满青筋的手，"现在，我们唯一能做的就是往前看，也许能得到最好的结果。让我的弟弟们去的时候不要有武装。他看到他们的脸，能保他们平安。我留下来陪您。"

"就按你说的做吧。"

"我是不是要通知刽子手准备行刑了？"

"没错，莫桀，如果你必须这么做的话。把我的戒指给他，许可证在贝德维爵士那儿，快去拿吧。"

"谢谢，父亲。谢谢。我很快就回来。"

那张毫无血色的脸炽热地燃烧着，莫名地流露出一种奇怪而真实的感激之情，然后就匆忙离开了。他跟在两个要去参加守卫的哥哥后面，目光明亮，嘴唇不由自主地抽动着。只有加文陪着老国王，国王把头埋在手里。

"他完全能够把这件事处理得更好。他可以尝试着收敛自己的开心。"

加文把手搭在国王弯曲的肩上。

"没事的，舅舅，"他说，"一切都会好的。我相信，蓝斯洛肯定会赶来救她，她会平安无事的。”

“我努力地尽自己的责任。”

“您的努力令人敬佩。”

“法律要审判她，所以我才审判她。我会尽量让审判顺利进行的。”

“加文，你会不会觉得我想救她吧？我是英格兰的司法，而无怨无悔地把她送上火刑台就是我的职责。”

“嗯，舅舅，所有人都知道您的努力。但是，我们真心地希望她好好的，这个事实谁都无法改变。”

“啊，加文，”他说，“不知不觉间，我居然和她结婚这么多年了。”

加文转过身，向窗户走去。

“别担心，这团乱麻早晚会理顺的。”

“怎么才算是理顺？”老人伤心地喊道，眼神一刻不停地跟随加文的背影，“怎么才算是理顺？如果蓝斯洛真的来救她，也许会把我派去烧死她的无辜守卫杀死。他们那么信任我，我明明知道他们拦不住他，却还是不得不派他们去，这就是司法。如果他救了她，他们就一定会死；而如果他们还活着，死的就是她——被烧死。但是加文，我最亲爱的桂妮薇会在熊熊烈火中变成灰烬，你知道吗？”

“别想了，舅舅。事情绝不会这么糟。”

国王突然就崩溃了。

“他为什么没有马上赶过来？他到底在磨蹭什么？”

加文语气平稳，“等到她在公众场合出现时，在广场上，他才会开始行动，否则他就会攻城。”

“加文，我曾经警告过他们。我努力地警告他们，但是你也知道，要在不伤害人的情感的情况下直言相告确实没那么容易，就在他们被抓的前几天。我真是个傻瓜。也许，我打心眼里不想察觉此事。我希望，只要我不把所有的事弄清楚，事情就会得到完满的解决。你是不是觉得我做错了？依你看，要是我做了不同的选择，我能保护他们吗？”

“您已经尽力了。”

“我年轻时不懂事，做了一些违背公义的事，我生命中所有的不幸都是因此而发生。你觉得，做了坏事后再去做好事，就可以阻止坏事带来的后果吗？我可不这样想。此后，为了堵住这不幸的源头，我做了很多好事，但是它就像涟漪一样变得越来越大，一发不可收拾。你认为，这是不是对我的报应？”

“我不知道。”

“这样的等待简直要恐怕了！”他大声嚷嚷道，“对珍妮来说更是如此。他们为什么不马上就带她来，了结此事呢？”

“别着急，很快就来了。”

“这件事不是她的错。难道是我做错了吗？我想知道，到底应不应该接受莫桀的证言，对整件事视而不见。我该判她无罪吗？我可以暂时搁置我的新法。我做得对吗？”

“您确实可以这样做。”

“我只是遵从自己的意愿。”

“唉。”

“但是，司法又怎样？什么是最后的报应？报应、司法、不合适的行为、淹死的孩子！他们昨天围在我身边一整晚。”

加文换了一种声调，平静地说：“您一定要记清楚了。您要集中全部的力量克服困难。您会这么做吧？”

国王紧紧地握着王座的扶手。

“是的。”

“我想，您还是到窗户这儿来吧。他们很快就会带她出来。”

老人一动不动地，手指里的木头攥得更紧了。他坐在那里，眼睛一眨不眨地注视着前方。然后，他将全部的力量集中在两只手腕上，逼自己站起来，起履行自己的职责。要是刑场上没看见他，处决就是违法的。

“她穿着白色的内衣。”

他们安静地站在一起，一脸冷漠地看着彼此，好像什么感觉都没有。在这个关键时刻，他们有某个部分是麻木的，所以才会不停地唠叨。

“唉。”

“他们在干什么？”

“我不知道。”

“我看，还是祈祷吧。”

“唉，那前面是个主教。”

“他们在检查祷词。”

“他们看上去怪怪的。”

“有什么好奇怪的？我觉得挺普通的。”

“我已经亮相了，”国王像个孩子一样问道，“你觉得我能坐下吗？”

“您必须留在这里。”

“抱歉，我做不到。”

“您必须做到。”

“但是加文，万一她看上面，怎么办呢？”

“如果您非要走，就不合法。”

外面，就在那扇窗户下用透视法绘出的市集中，隐约传来了优美的赞美诗的声音，但听不清歌词或旋律。只见，游行的牧师为死刑的礼仪忙得热火朝天的，闪闪发亮的骑士像雕塑一样站得笔直笔直的，人群环绕在广场外，和一个个椰子壳差不多。要看见王后并非易事，她陷入仪式的漩涡中无法自拔，时而被带到这边，时而被带到那边，陪着一群小官员和忏悔神父见面，她被带到刽子手旁边，接受劝说跪下祈祷，然后接受忠告站起来发言。有人对她恶语中伤，有人逼她把蜡烛握在手里，有人原谅了她，还有人请求她的原谅，她让那些人慢慢地往前走，把她的生命、仪典和尊严一起展示在人们面前。不管怎么样，黑暗时代的合法谋杀哪有什么尊严呢？

国王问道：“你看到救援人员了吗？”

“没有。”

“真的太慢了。”

窗外的吟唱声突然被悲伤的沉默取代了。

“还要等多久？”

“大约几分钟。”

“他们会让她祈祷吗？”

“是的，他们肯定会让她祈祷。”

老人突然问道：“你觉得我们应该祈祷吗？”

“如果您想祈祷，那我们就祈祷吧。”

“我们是不是要下跪？”

“无所谓。”

“我们应该说些什么呢？”

“我也不知道。”

“我应该说我们的父亲吗？我只想到了这个。”

“那就好。”

“我们是不是要一起说？”

“您想怎么样都行。”

“加文，我可能要跪下。”

“我还是站着吧。”奥克尼领主说。

“现在……”

突然，市集的另一头隐约有号角声传来，而此时，他们正在进行不太专业的祈愿。

“别说话，舅舅。”

祈祷的人只说了一半。

“来了一群士兵，应该是骑兵。”

亚瑟站起来，靠向窗边。

“在哪儿？”

“是号角！”

这时，黄铜的音调欢快地穿透了这个房间。国王推着加文的手肘时，声音颤抖地大喊道：“我的蓝斯洛！我算准了他会来。”

加文好不容易才将强壮的肩膀挤过窗框，他俩贪婪地打量着外面的情景。

“啊，真的是蓝斯洛！”

“瞧，穿银色衣服那个。”

“银底、红色斜纹的盾徽。”

“嘿，这骑士可真潇洒啊！”

“看他们所有人！”

这确实有看头。市集突然崩溃了，像荒野大西部的景色一样。装水果的篓子破了,里面的椰子像洪水一样涌了出来。守卫的骑士正要上马，他们一脚踩在马镫上，另一只脚则在战马旁边跳来跳去。马儿们不停地绕着自己的主人转圈。辅祭扔掉香炉，神父像野马一样穿过人群，主教想留住他，反倒被推着往教堂走。几位忠诚的副主把主教的权杖举得高高的，像旗帜一样跟在后面。有顶罩篷本来是用四根结实的柱子撑起来的，有遮阴之用，而现在，柱子歪了，罩篷也倒了，和大西洋中进了水的小船没什么两样。骑士全副武装，在铜管乐音中仿佛突进的潮水涌入广场一般，羽饰像印第安人头一样摇摆不定；他们的剑扬起，然后落下，乍一看还以为是某种奇怪的机关呢。桂妮薇的最后仪式上演时，围绕在她身边的侍者争先恐后地离开了她，她就像一座灯塔般屹立在那儿，穿着那件白色内衣，被结结实实地绑在火刑柱上，动弹不得。她在他们上面，战争的呐喊声就在她脚边响起。

“他们操控马匹奔跑和停止的手法真不错。”

“只有他们能那样冲锋。”

“嗯，只是可怜了那位守卫！”

亚瑟扭绞着自己的手。

“有人掉下来了。”

“是瑟瓦瑞德。”

“名副其实的混战。”

“他的冲锋，”国王激动地说，“这么多年来，始终天下无敌。哦，这一击简直妙极了。”

“佩提洛普爵士上场了。”

“不，那是佩里蒙斯，他们是兄弟。”

“看着阳光的良剑。再看看那些叫人眼花缭乱的色彩。真厉害，吉利梅尔爵士，打得好极了。”

“别，还是看蓝斯洛吧。看他是怎么刺、怎么砍的，好好学学。现在落马的是阿格洛法。瞧，他去找王后了。”

“皮亚马斯肯定会拦住他。”

“皮亚马斯——瞎说什么啊？赢的是我们才对，加文，肯定是我们。”

那个大块头扭着身体，开心地笑了，“谁是我们？”

“好吧，赢该是‘他们’，你这个傻瓜。谁会赢？还用问吗？除了蓝斯洛爵士，还有谁？轮到皮亚马斯爵士了。”

“没事的。波尔斯很快就要亮相了。瞧，他来了，正在朝王后走来。啊，天哪，他给她拿了件外衣和长袍。”

“嗯，他带了。”

“我的蓝斯洛怎么可能让我的桂妮薇只穿着内衣见人呢？”

“当然不会。”

“他把那些衣服套在她身上了。”

“她笑得真开心。”

“祝福他们。但是，嗯，那些可怜的步兵哦。”

“应该说，这事已经画上句号了。”

“他不会杀太多无辜的人。我们可以这样想吗？”

“关于这一点，那个男人绝对值得信任。”

“瞧，达马斯摔下来了。”

“唉，达马斯喜欢戴着红色的羽饰。我觉得那种东西就算戴了，最后也会被别人拽下来。他们简直像闪电一样。”

“桂妮薇上马了。”

号角声再次在房间里回荡着，这和上次的信号不同。

“他们肯定是要走了。这是撤退信号。上帝啊，上帝啊，看看，这里乱七八糟的。”

“但愿不会有太多人受伤。看到了吗？我们应该去帮帮他们吗？”

“不屈服的人还不少呢。”加文说。

“真是忠诚的守卫。”

“有十多个。”

“真勇敢啊！一切都是我的错。”

“我实在不知道，除了我弟弟之外，还有谁做错了，但他现在已经不在了。唉，他们最后一批人聚集在一起，瞧，最前面的正是王后的白袍。”

“我是不是应该向她挥手？”

“不。”

“这样做不好吧，你觉得呢？”

“确实不太好。”

“行吧，这样做的确不对。但是话说回来，在她离开之前做点事总没什么错吧？”

加文一脸欢喜地转向他。

“亚瑟舅舅，”他说，“您是个了不起的男人。我说过，一切都会好的。”

“你也一样，加文，善良而仁慈的人。”

他们高兴极了，用古礼亲吻着彼此的双颊。

“行了，”他们说，“行了。”

“现在要做什么呢？”

“您决定就好了。”

老国王仔细地打量着加文，仿佛该做的那件事就藏在他身上。他的年纪和那些惶恐不安的话语瞬间消失了。他挺直了腰板，双颊变成了玫瑰色，眼旁的鱼尾纹欢快地向外延展。

“我想，我们还是先来点烈酒吧。”

“好极了，见习骑士在哪儿呢？”

“见习骑士！见习骑士！”他对着门大声地招呼道，“该死的家伙去哪儿了？见习骑士！过来，你这个家伙，赶紧去给我们拿酒，快点。你到底干什么去了？难不成去看你的女主人上火刑台吗？你的忠诚被狗吃了吗？”

那个孩子原本已经蹦蹦跳跳地爬了一半楼梯，此时应了一声，又咯噔咯噔地下楼了。

“喝完酒以后呢？”加文说。

亚瑟开心地回过神来，搓着手。

“还不知道呢。总是有各种各样的事情发生。也许，我们可以说服蓝斯洛道歉，或者做一些类似的安排，这样他就能顺理成章地回来了。我们可以这样说，王后之所以让他去，目的是付给在梅里亚格兰斯一事中出战的费用，而王后不想让其他人对这笔费用议论纷纷。他明知道她是无辜的，所以肯定会来救她。没错，做些类似的安排就挺好的。不过，他们以后要严格要求自己才行。”

然而，在热切的舅舅面前，加文心中的热情就像被水浇灭了一样，他看着地面，慢吞吞地说。

“我怀疑……”他抬起头说。

国王看着他。

“我怀疑，只要莫桀一天不死，你就不可能原谅他。”

一只苍白的手拉起门边的挂毯，像鬼魂一样倚靠着门，他身上的铠甲只有一半，没有甲具保护的手肘被吊了起来。

“想要我和莫桀重归于好，”那人用完美的悲剧起始台词说，“除非他死了。”

亚瑟吃惊地转过身。他用审视的目光盯着那对狂热的眼睛，然后关切地向儿子走去。

“为什么呢，莫桀？”

“怎么回事，亚瑟？”

“怎么能那样和国王说话呢？简直吃了熊心豹子胆。”

“你们绝对不能那样和我说话。”

声调很平，几乎没有明显的起伏，所以国王走到一半就停住了，现在他已经变得清醒了。

“来，”他慈爱地说，“我们看得很清楚，这是一场可怕的屠杀。不过，当然，你舅妈应该脱离危险了，这个结局挺好的，而且也没有违背司法规定……”

“这确实是一场恐怖的屠杀。”

莫桀的声音和机器运转时的声音差不多，但是带有深意。

“那些步兵……”

“没用的东西。”

加文机械式地转过身子，看着他同母异父的弟弟，整个身子都转了过去。

“莫桀，”他沉重地问，“莫桀，你和加瑞斯爵士是在哪里分开的？”

“我是在哪里和他们分开的？”

红发男子猛地喊了出来，语速越来越急促。“为什么要模仿我？”他怒吼道，“闭嘴吧，别再像鹦鹉一样鬼叫了。我只想知道你们分开的地点。”

“你可以去找他们了，加文，就在广场的人群里。”

亚瑟开口道：“加瑞斯和加赫里斯……”

“他们躺在市集上。他们浑身都是血，根本认不出来。”

“他们还好吧？他们没有武装。他们没事吧？”

“他们死了。”

“瞎说什么，莫桀。”

“瞎说，加文。”

“他们确实没穿铠甲啊。”国王抗议道。

为了吓吓国王，加文刻意加重了语气：“莫桀，如果你在撒谎……”

“……那么正直的加文肯定会亲手杀死他唯一的亲人。”

“莫桀！”

“亚瑟。”他回答道。他看着亚瑟，脸色铁青，怨恨、漠然和悲伤交杂。

“如果这是真的，那简直太恐怖了。谁和加瑞斯有仇，想杀死他呢？他没有武装。”

“到底是谁？”

“他们只是去戒备罢了，不是去参战，而是因为我要求他们去。再说，蓝斯洛是加瑞斯最好的朋友，他和班恩家族交情很好。这怎么可能呢？你确定没搞错吧？”

房间里突然响起了加文的声音：“莫桀，杀我兄弟的凶手到底是谁？”

“到底是哪个浑蛋？”

盛怒之下，加文朝那驼子冲了过去。

“我强壮的朋友，明明只有蓝斯洛一个。”

“你这个大骗子！我要去看看。”

他跌跌撞撞地走出房间，脚步仍然很急促，和他刚刚冲向弟弟一样。

“但是莫桀，你确定他们死了吗？”

“加瑞斯的头顶都没了，”他冷淡地说，“他一脸惊讶的表情。加赫里斯则什么表情都没有，因为他的头变成了两半。”

国王恐怖不已，但和恐惧相比，疑惑更甚。他的语调中充斥着一种困惑的悲伤：“蓝斯不可能做这样的事。他认识他们……他爱他们。他们没戴头盔，所以他应该能认出他们来。就是他册封加瑞斯为骑士的，他怎么可能做出这样的事呢？”

“当然不会。”

“不是你说他做了吗？”

“没错。”

“肯定是哪里弄错了。”

“没错。”

“你是什么意思？”

“我是想说，纯洁而无所畏惧的湖上骑士在你准许下，不仅给你扣上了一顶绿帽子，带走了你的妻子，还在离开之前杀死了我的两个兄弟——他们两个没有武装，而且都是他最好的朋友。”

亚瑟坐在长椅上。年幼的见习骑士拿着他要的酒来了，向他鞠了两个躬。

“您的酒来了，大人。”

“给我吧。”

“大人，仆役长路卡爵士问，他可不可以把那些受伤的人带进来，大人，还有，有包裹伤口的亚麻布吗？”

“去问贝德维爵士吧。”

“好的，大人。”

“见习骑士。”那孩子离开时，他喊道。

“大人？”

“有多少人伤亡？”

“听说，有二十位骑士死了，大人。骄傲的贝里恩斯爵士、瑟瓦瑞德爵士、葛里菲特爵士、布兰第莱爵士、阿格洛法爵士、托尔爵士、古特爵士、吉利梅尔爵士、雷诺德爵士的三个兄弟、达马斯爵士、皮亚马斯爵士、异乡人凯伊爵士、迪安爵士、兰贝格斯爵士、赫米迪爵士、佩提洛普爵士，全都死了。”

“加瑞斯和加赫里斯怎么样了？”

“我不清楚，大人。”

魁梧的红发男子一边哭，一边飞快地钻进了房间。他像个孩子一样向亚瑟跑过去，伤心地哭着说：“是真的！千真万确！我找到人证了。可怜的加赫里斯和我们的小弟弟加瑞斯——他们两个都被他杀了，在没有任何武装的情况下被他杀了。”

他双膝跪在地上，将沙白色的头埋进老国王的斗篷。

第九章

六个月后，在一个明亮的冬天，欢乐堡陷入了重围。阳光洒落的方向正好与北风垂直,所以犁沟东侧是白茫茫一片,到处都是白霜。城堡外，椋鸟和田凫焦急地在像石头一样坚硬的草丛里觅食；落叶树枯立在那儿，看上去和血管图谱或神经系统很像。击打牛粪的时候，你会听到和木头一样的声音。所有的事物都披上了冰冷的外衣，褪色的苔藓绿变成了被遗弃在阳光下很多年的绿色天鹅绒靠枕。血管一样的树和靠枕一样，树干上都覆盖着一层细细的绒毛。针叶树拉起了葬礼的帷幕,水坑和冷冰冰的护城河则发出了清亮的冰裂声。欢乐堡孤零零地屹立在那儿，在黯淡的阳光下描绘出一幅令人心动的美景。

要接近蓝斯洛的城堡其实并不很难。这座老式要塞早在亚瑟即位时就已经存在了，现在却早已被繁复的防御工事代替了,这实在是难以想象。你不能把它想成现在见到的样子,以为它就是在石头中间掺杂一些破碎灰泥的废弃堡垒。它抹上了灰泥，看起来是淡金色的，因为他们在灰泥里放了一些铅黄。铺着石板的塔楼呈法式圆锥形，上百个出人意料的气口散布在错综复杂的城垛上。数条古怪的小桥像叹息桥一样把顶盖遮得严严实实的，从这座小礼拜堂通到那座塔。外面还有楼梯，没有人知道楼梯的那一头是什么——也许是天堂呢！突然，烟囱从堞口穿出，真正的彩绘玻璃镶在高处，再安全不过了，在原本空空如也的墙上微微闪着光。方旗、耶稣受难像、滴水兽、排水口、风向鸡、尖顶和钟塔全都在凸出的屋顶上挤作一团；屋顶向四面八方延伸，有时铺着红瓦，有时覆盖着长有绿苔的石头，有时则是石板片。这里只是个小镇，而不是城堡。它是一块松碎的馅饼，而不是老洛锡安还没有发酵的硬面包。

围城者的营地就在欢乐城堡周围。在那个年代，国王外出征战时会总是喜欢带着自家的挂毯，而这些挂毯是对营区进行衡量的一个标准。帐篷有红色、绿色、格纹、条纹，还有的是丝制的。这个迷宫到处都是色彩与固定索、营钉和长矛、玩棋的人和随军小贩，还有悬着挂毯的内室和金餐具。英格兰王亚瑟坐得端端正正的，想把他活活饿死。

蓝斯洛和桂妮薇站在大厅的炉火旁，房间中央的炉火已经有些黯淡，不时会有黑烟散出，正好从上面的塔楼穿出。这里有一座合适的火炉，上面密密麻麻地分布着班威克家族和支持者的纹章雕刻，半棵树正在铁栅里焖烧。外面的冰霜让地面变得滑不溜秋的，马匹根本无法行走，所以就算没有人宣布，但今天是休战日。

桂妮薇说：“真不明白，事情为什么会这样？”

“我也不知道，珍妮。要不是别人告诉我，我根本不知道自己做了这件事。”

“那你记得什么？”

“我想，我那时非常激动，而且生怕你出事，一群人凶神恶煞般对着我挥剑，一群骑士则拦住了我的去路。我必须冲出重围。”

“这似乎和你不太像。”

“您是不是以为我会这样做？”他苦涩地问道，“和他的兄弟相比，加瑞斯更喜欢我。我和他的教父没太大的区别。嗯，看在上帝的分上，什么都别说了。”

“别放在心上。”我说，“我确定，他最好还是什么都别管，可怜的人。”

蓝斯洛一边沉思，一边踢踢炉中的圆木，一只手臂放在壁炉上，出神地望着余烬中的光。

“他的眼睛是蓝色的。”

他停下来，在火光中回忆着那对眼睛。

“他来到宫廷时，不愿意告诉任何人他父母是谁。因为他为了来这里，不惜从家里逃走。他母亲和亚瑟是仇人，那个老女人不肯让他来。但是，他必须。他需要这股浪漫、骑士精神和荣誉，所以他逃来找我们，而且拒绝说出他的名字。他没有奢望成为骑士。于他而言，最幸福的事就是待在这个权力的中心，他的力量是后来才被证明的。”

他把一根岔出的树枝推了回去。

“凯伊让他进厨房工作，还给他取了一个‘大小姐’的绰号。凯伊从小就是个浑球。于是……这应该是很久以前的事了。”

寂静中，他们站在那里，把手肘靠在壁炉架上，脚对着炉火；火灰慢悠悠地掉到地上。

“有时，他会为我跑跑腿，买点小玩意，挣点小费。这位厨房见习骑士大小姐。他居然会喜欢我，连我自己都不知道是什么原因。我就是用这双手册封他为骑士的。”

他一脸诧异地盯着自己的手指，仿佛是第一次见它们。

“后来，他四处去探险，与绿骑士为敌，我们才知道他是多么厉害……”

“好脾气的加瑞斯，”看样子，他颇有些惊异，“但只是因为他不愿意武装反抗我，我就同一双手杀了他。人类这种生物真的是太可怕了！我们从田野中走过时看到一朵花，却残忍地用棍棒砍下了它的头，加瑞斯就是这样死的。”

桂妮薇伤心地拿起那只充满罪恶的手。

“这事你什么都做不了。”

“不，我可以做点什么。”惯常的宗教伤感又涌上了他的心头，“都是我错了。你说得没错，这不像我。都是我错了，我错了，我大错特错，任由自己在那群人中间乱打乱杀。”

“你为什么不救人呢？”

“我救了，但我只能对武装骑士拔剑。可是，我居然会由着自己对那些半武装步兵又砍又杀。我是全副武装，他们身上却只有强化皮甲，简单地说，就是皮革加上扣钉子。但是，我砍了他们，而上帝为此惩罚我们。我把骑士风度忘得一干二净，所以上帝安排我杀了可怜的加瑞斯和加赫里斯。”

“蓝斯！”她语气尖锐地说。

“我们掉进了地狱般的悲惨中。”他不想再听她说话，接着说，“现在，我必须与我的国王为敌，那位让我成为骑士、教会我一切的国王。我怎么能和他为敌呢？更何况是加文呢。他三个弟弟都是我杀的，我怎么还能加重自己的罪孽呢？但加文肯定不会放过我的，现在，他恐怕会怪我一辈子。我不怪他。亚瑟会原谅我们，但加文一定会想方设法阻止。现在，只有加文一个人想打仗，而我像个胆小鬼一样被围困在这个洞穴里，他们很快就会带着号角来到城外，开始唱：

叛徒骑士
来接招吧。
耶！耶！耶！

“他们唱什么无所谓，你记住一点就好了——他们的那些歌绝不可能把你变成胆小鬼。”

“我的人也开始这么认为了。波尔斯、布拉莫、布雷欧贝里斯、莱尼尔都巴不得我出去迎战。但如果我出去了，不知道会发生什么事。”

“到目前为止，”她说，“据我所知，你打败我们后放了他们，让他们赶快回家。所有人都对你的仁慈和大度赞不绝口。”

他把头埋进肘弯里。

“你知道最后一战的具体情况吗？波尔斯和国王进行长矛比试，把国王打倒在地后自己也跳下马，举着剑站在亚瑟面前。我看到了，像疯了一样冲过去，波尔斯说：‘我是不是应该结束这场战争？’我怒吼道，你胆子太大了，小心你的脑袋。所以我们把亚瑟扶上马，然后我求他，跪下来求他，让他赶紧走。亚瑟哭了，红着眼圈看着我，什么都没说。他看上去沧桑了不少。他不肯和我打，但是有加文在。加文曾和我们是一伙儿的，我却像个魔鬼一样，把他的弟弟杀了。”

“收起你的邪恶。这件事之所以发生，其实是因为加文的坏脾气和莫桀的狡猾。”

“要是只有加文，和平倒还有一丝希望。”他悲叹道，“他本质上是个正直的人，是个好人。但是莫桀一直在默默地影响他，给他增加痛苦。还有盖尔和高卢两族的宿怨，再就是莫桀刚组建的新团体，我不知道以后会怎么样。”

王后再次提出已经出现过一百次的建议：“如果我回到亚瑟身边，任由他处置，怎么样？”

“我们早就提议过，但被他们拒绝了。别管那些，无论你怎么做，他们都不会放过你。”

她离开壁炉，走向窗口的大型炮眼。围城工事在外面底下展开，有几个小小的敌营士兵正在结冰的池塘上开心地玩游戏，游戏的名字叫“狐与鹅”。远处传来了一阵阵因跌倒而引发的欢快笑声。

“战争还在继续，”她说，“那些不是骑士的步兵全都死了，却丝毫没有人察觉。”

“一直在进行。”

她没有回头，“亲爱的，我必须回去，回去改变这件事。上火刑台也无所谓，总比面对这样的麻烦强得多吧。”

他跟着她来到窗户旁。

“如果这样做真的有用，珍妮，我们就一起回去吧。要是我们去就能让这场战争平息，那我们为什么不去试试呢？但是他们全都疯了。就算我们是自杀，但只要我们死了，波尔斯、艾克特等人也会牢记这笔账。还有很多仇恨正在酝酿之中，有的是因为我们在市集和阶梯上杀死的人，有的则是因为亚瑟过去五十年间的事。要不了多久，这些事就会超出我的控制范围，现在也是一样。赫贝斯·勒雷诺米、勇敢的维利尔和匈牙利的乌利都会替我报仇，事情就会越发不可收拾。乌利真是一个懂得感恩的人啊！”

“文明教化好像已经失控了。”她说。

“没错，而且这仿佛是我们的错。波尔斯、莱尼尔和加文全都受伤了，都变成了嗜血的魔鬼。没办法，我只有带着我的骑士冲出去，假装出手攻击。可能会有人拼命劝告亚瑟杀死我，否则来的肯定是加文，如果是那样，我就要用盾把自己挡住，保护自己，绝不能还击。如果有人看到我这么做，一定会说我没有尽力，是在故意拖延时间，让他们变得更惨。”

“他们说的都是真的。”

“当然，但如果我不这样做，就只能杀了亚瑟和加文，不，绝不可以。要是亚瑟带你回去，离开这个危险的地方就好了，否则状况比现在好不了多少。”

如果回到二十年前，她也许会被这种不恰当的提议激怒。但是现在，她正处于人生的秋季，所以她笑了。

“珍妮，这么说听上去有些可怕，但是没办法，事实就是如此。”

“这当然是事实。”

“对我们来说，你和傀儡没什么两样。”

“我是傀儡，你难道不是吗？我们都一样。”

他把头倚靠在炮眼的石头上，直到她拉起他的手。

“好了，别想了，好好在城堡里等着吧。说不定上帝会照看我们呢。”

“这话，我以前就听你说过。”

“没错，就在我们被他们抓到一周前。”

“就算上帝不管我们，”他苦涩地说，“我们还可以去找教宗啊。”

“教宗！”

他抬起头来。

“怎么了？”

“嗯，蓝斯，你的意思是……要是教宗一声令下，说如果我们不谈判，就把我们赶出教会，如果我们诉请教宗裁决，波尔斯等人就会接受。当然……”

在她思考合适的字眼时，他一直温柔地看着她。

“他不是可以叫罗契斯特主教来主持和平谈判吗？”

“但是谈什么呢？”

不过，她已经掌握了想法，所以变得非常急切。

“蓝斯，无论谈什么，我俩唯一的选择就是接受。就算这意味着……就算会对我们不利，但起码能带来和平。而我们的骑士对教会唯命是从，怎么可能继续寻仇呢？”

他不知道说什么。

“怎么样？”

她转向他，镇定自若——他很清楚，女人在照顾别人或完成其他工作而有所成就时，脸上就会呈现出这种满足和内敛的神情，此时他不知道该如何应对。

“我们明天派一名信使吧。”她说。

“珍妮！”

她居然任由自己被人当成皮球，被一个人踢给另一个人，这让他难以忍受。他们青春不再，等着他们的只有两种结局，要么他失去她，要么他不会失去她。他被人民的生命、他们的爱情与他的亲族之间夹得连气都喘不过来，除了羞辱，一无所有。她看出了这一点，就顺水推舟，用这点来帮助他。她温柔地亲吻着他。外面的例行合唱又响起了：

叛徒骑士

来接招吧。

耶！耶！耶！

“那么，”她轻轻地抚摸着他的白发，“管他们说什么呢？我只知道，我的蓝斯洛必须留在城堡里，而且从此会过着幸福快乐的生活。”

第十章

“所以，教宗为他们休战了。”莫桀冷冷地说。

“唉。”

加文和他在司法室里耐心地等待着最后阶段的协商。他俩都是一身黑衣，差异却非常奇怪：加文看上去就像是个掘墓人，而莫桀看起来华丽阔气，像哈姆雷特一样。从成为某个知名团体的老大的那一天起，莫桀就一直是这种戏剧性的简单打扮。该团体四处标榜某种民族主义，不仅要实现盖尔族自治，还要屠杀犹太人，狠狠地报复那位传说中的圣徒。他们的队伍发展得很快，已经有好几千人，全国到处都是，全都戴着他的徽章：一只血红色的手紧紧地握着一根鞭子；而他们给自己取了个新名字，叫“持鞭者”。看看那个年纪较长的那名男人，他完全是为了讨他弟弟的欢心才穿制服的。他的黑色衣料看上去朴实简单，象征着真实、绝望和深沉的哀叹。

“太可笑了，”莫桀接着说，“多亏了教宗，我们才能看到如此美丽壮观的队伍。他们每个人都带着橄榄枝，那对可怜的情人则穿着白衣。”

“这场游行可真不错呢。”

加文的心思不会轻易地走上讽刺的道路，于是干脆把这些讽刺当成了真实的描述。

“你们这场戏可演得真棒啊。”

那位兄长不自在地动了动，仿佛想放轻松点，但很快就恢复了之前的姿势。

他含糊地说，既像是在提问，也像是在求助：“蓝斯洛在信里说，他误杀了我们的加瑞斯。他口口声声说没看见他。”

“也就是说，蓝斯洛之所以杀加瑞斯，是因为他只顾着对着那些手无寸铁的人乱砍，连对方是谁都没看清楚。他一直就是这样的人。”

这一回，就连加文都听到了话中的讽刺意味。

“依我看，事情另有隐情。”

“隐情？能有什么隐情？蓝斯洛根本不是这样的人。他总是那么宽容，那么善良，从来没有杀死过任何一个比自己弱小的人。蓝斯洛之所以会受到人们的爱戴，就是这个原因，这应该算得上是一条捷径了，而且相对比较轻松。他怎么可能突然放弃这样的武装，不顾自己的名誉，残忍地杀害没有武装的人呢？”

加文徒劳地显示着自己的公正：“他似乎没有杀他们的理由。”

“理由？加瑞斯不是我们的兄弟吗？我们抓到蓝斯洛和王后偷情，所以蓝斯洛才会报复我们，杀了加瑞斯。”

他更加小心地补充道：“亚瑟喜欢你，所以他才会嫉妒你拥有的影响力。他就是想削弱奥克尼一族的力量，肯定早就计划好了。”

“他削弱的是他自己的力量。”

“还有，他嫉妒加瑞斯。他担心我们的兄弟会窃占他的名声。我们的加瑞斯处处模仿他，这位鼎鼎大名的骑士怎么能高兴呢？这两个骑士之中，总有一个要蒙羞吧。”

司法室已经做好了成为最后舞台的准备。看上去，这房间很荒凉，里面只有两个人。他们以一种奇怪的方式坐在王座的台阶上，一前一后坐着，意思就是，他们看不到对方的脸。莫桀盯着加文的后脑勺，加文则看着地板，他哽咽着说："我们中间的人，加瑞斯是最好的。”如果他立刻转过身去，也许会被对方目光中的意图吓一大跳。那张年轻面孔的表情和他音乐一样的声音似乎不太协调。如果你凑过去，可能会发现莫桀的样子在过去六个月内变得越发怪异。

“他是个好人，”他说，“却死在了他所崇拜的人手上。”

“这事让我明白了一个道理，南方人绝对不值得信任。”

莫桀无意识地加重语气，改变了话中的代名词，不注意的话几乎察觉不出来。

“没错，我们明白了一个道理。”

这个年迈的暴君转过身来。他抓住那只白色的手，满是困惑地说：“以前，我觉得这是阿格凡的错，不，是你们两个人的错。我觉得你对蓝斯洛的成见很深。我实在太惭愧了！”

“血浓于水。”

“的确如此，莫桀。一个人也许会遵从理想——遵从是非对错之类的事情，但总有一天，他会回归你的亲族同胞。我还记得，加瑞斯洗劫神父在断崖边的小果园的事……”

在纤瘦的男人给出提示之前，他的语尾一直不确定地拉长。

“他还是小孩子的时候，头发就差不多全白了，漂亮极了。”

“凯伊总是叫他‘大小姐’。”

“凯伊是在侮辱他。”

“唉，但这话说得也没错。他的手非常漂亮，确实和大小姐一样。”

“现在他已经死了。”

血色冲上加文眉间，他的太阳穴爬满了青筋。

“上帝诅咒他们！这种和平，我宁愿不要。我永远不想原谅他们。亚瑟王为什么要竭力平息这件事呢？这和教宗有什么关系呢？被杀的人是我的兄弟，又不是他们的兄弟，无所不能的上帝啊，我要报仇！”

“蓝斯洛像狐狸一样狡猾，肯定会从我们的指缝间偷偷溜走的。”

“他肯定溜不走，我们已经逮到他了。康瓦耳人已经够大度了。”

莫桀在台阶上移动了一下。

“你好好想想，圆桌到底是怎么对待康瓦耳和奥克尼的？亚瑟的父亲不仅杀了我们的祖父，还引诱我们的母亲，蓝斯洛则当着弗洛伦斯和洛佛的面杀了我们三个兄弟。为了调停这两个英格兰人的争执，我们居然在这里出卖自己的荣誉。我们很懦弱，是不是？”

“不，当然不是。教宗可能会逼国王把王后带回来，但他的诏书里对蓝斯洛爵士只字未提。我们会给他一个庇护所，让他把那个女人带来，然后我们就会放了他。但是，从那以后……”

“现在，我们为什么还要放他走呢？”

“因为他已经拿到了通行令。上帝啊，莫桀，我们可是骑士。”

“所以就算我们的敌人耍下流无耻的手段，我们也不能自甘堕落，和他们一样。”

“嗯，要公平。我们要让这头野猪遵守法律规定，让他接受死刑。亚瑟已经失败了——他会按我们说的去做。”

“行动已经开始了，”莫桀爵士说，“可怜的国王已经彻底失控了，这太让人难过了。”

“嗯，的确如此。不过，他能分辨出是和非。”

“他倒是变了嘛。”

“你的意思是，他没有了往日的权威？”

“你这么快就猜到了？”

对他来说，讽刺别人和戏弄盲人一样容易。

“他不可能什么都做得好。他最大的错就是让那个叛徒留在身边。”

“也不该和桂妮薇结婚。”

“唉，这个问题一直挡在他们中间，但是，战端并不是我们挑起的啊。”

“没错。”

“国王必须为司法正义挺身而出，就算教宗要那个女人重新回到他身边，我们照样有权向蓝斯洛讨个说法。老弟，从他带走王后、杀害我们兄弟的那一刻起，他就已经犯下了不可饶恕的罪行。”

“我们绝对有权向他们讨个说法。”

那个强壮的家伙再次握住另一个人的手；苍白的手被教会司事粗厚的手掌握得紧紧的。他好不容易才说话：“孤独确实让人难以忍受。”

“我们可是一母同胞的亲兄弟啊，加文。”

“嗯！”

“加瑞斯也是我的亲弟弟。”

“国王驾到！”

这场调停剧眼看着就要接近尾声了。随着庭中的号角响起，教会与政府双方要人缓缓地走上楼梯。那些朝臣、主教、传礼官、见习骑士、法官和观众入场时都在自言自语。室内就像是一个以挂毯为四壁的空花瓶，慢慢开始插入鲜花。在这里，面色白皙的贵妇人像鲜花一样绽放，她们头上戴着牛角或甜筒式的头巾，和《爱丽丝梦游仙境》里那位公爵夫人头上的便帽差不多。她们穿着鲜艳的紧身衣，腰身拉高到腋下，搭配的是长裙和光滑的袖子，用来自的黎波里的精纺毛布、塔夫绸或玫瑰花布裁制而成。这些较弱的生物身上散发着药和蜂蜜（她们用蜂蜜来清洁牙齿）的香味，游到她们的位子上。引领时尚潮流的年轻侍从（许多人还戴着莫桀的徽章，表示他是“持鞭者”）热烈地追求着她们，他们装模作样地穿着长趾鞋，根本没办法走上楼，只好在楼梯底脱下鞋子，再让他们的见习骑士把鞋子带上去。人们对这些年轻人最深刻的印象就是包在长袜里的双腿，甚至想制订一项节制法令，规定他们的外套必须能遮住屁股。那些政府要员则顶着造型奇特的帽子，有茶壶保温套、阿拉伯式缠头巾、某种鸟类翅膀、暖手筒等。他们的长袍打了折，加了衬垫，衣领是高轮状皱领式，还戴着肩章，带子上镶着耀眼的宝石。教堂执事头上的是整洁小巧的无边便帽，这样他们剃发的地方就不会觉得凉。他们的着装打扮和一般人不同，看上去非常朴素。一位来访的枢机主教戴着一顶缀着樱穗的帽子，看起来华丽而高贵，如今仍用于装饰牛津沃尔西学院的便签。还有各种各样的毛皮，有心灵手巧的人将黑色和白色羊毛巧妙地缝成了相对的菱形。听上去，这些人就像是一群椋鸟。

这场调停的第一幕就此结束。第二幕一开始，预警的号角声就在附近响了起来，熙笃会修士、秘书、副主祭和其他宗教人士随即赶来，他们有的带着墨水（是用黑刺李木的树皮煮成的）和羊皮纸，有的带着吸墨沙和印玺，有的则戴着笔和抄写员写字时用左手拿着的小刀。哦，对了，还有木棒和最后一次会议的记录。

第三幕是受命为教廷大使得的罗契斯特主教。虽然他的罩棚放在楼下，但教廷大使的身份毋庸置疑。他的头发全都白了，穿的也是雪白的长袍，外面披着法衣，还戴着戒指——这位彬彬有礼的圣职人员对属灵的力量有所了解。

最后，号角声在门边响起，英格兰王驾到！国王的双肩和左臂被沉甸甸的貂皮覆盖着，右臂垂下了一条长带。他穿着蓝色天鹅绒斗篷，头上的王冠奢华至极，而且非常沉重，由几名官员用力地撑着（就是“撑”的字面意思）；国王被引导着向宝座走去；金色的王座罩棚上绣着的红龙，红龙后腿直立，像真的一样。人群向两边分开，加文和莫桀走出来参见国王。国王按照别人的安排坐了下来，站立的教廷大使也坐在了挂着白金色装饰的座位上，就在王座对面。嗡嗡声突然消失了。

“我们准备好了没有？”

罗契斯特主教的声音和教士一样，紧张的气氛因此缓和了不少。“教会早就准备妥当了。”

“政府也做好准备了。”加文的声音有些低沉，能嗅到些许攻击的气味。

“在他们过来之前，我们还是先安排好吧。”

“已经全都安排好了。”

罗契斯特把目光投向了奥克尼领主。

“多亏了加文爵士。”

“太客气了。”

“这样的话，”国王说，“我们还是把法庭准备好的消息告诉蓝斯洛爵士吧，只等他来了。”

“贝德维老兄，快把犯人带进来。”

要知道，加文总是习惯性地把自己当成国王的代言人，这也得到了亚瑟的默许。教廷大使就不同了，顺从可不是他的风格。

“别着急，加文爵士。我已经说过，教会这边并不觉得这些人犯了罪。我这次来，主要是代表教宗来和谈，而不是报仇。”

“教会想怎样看待这些犯人都行。我们已经满足了教会的要求，但我们要遵照自己的烂方法去做，快带那些犯人进来。”

“加文爵士……”

“让王后陛下听听号角声吧，法庭就座。”

现场顿时变成了一个糟糕的剧场，而外面也响起了想和的音乐，人们不约而同地转向门口。

丝绸和毛皮摩擦发出了沙沙的声音，一列队伍拖着沉重的步伐前行。突然，那道拱门开了，蓝斯洛和桂妮薇就在那里等待着对自己的判决。

他们的姿态庄严，其中还有些许悲哀的意味，好像他们做了伪装，装扮却有些蹩脚。他们穿着白衣，外面还罩着一件金色的薄纱，那位不再年轻可爱的王后则拿着橄榄枝，姿势没有了往日的优雅。他们怯怯地走过来，仿佛那些善意的演员，一门心思想把事情做好，却始终不会演戏。他们跪在王座前。

“我至高无上的王啊！”

他们的举动像事先商量好了似的,这引起了莫桀的注意。“真是太美妙了！”

蓝斯洛看着奥克尼族的兄长，“加文爵士。”

奥克尼人转过身去。

蓝斯洛转过去看着教会，“罗契斯特大人。”

“很高兴见到你，亲爱的孩子。”

“我听从国王和教宗的命令，把桂妮薇王后带过来。”

接着是一阵令人尴尬的静默，谁都不敢替他们求情。

“如果没有人说话，那么，我有责任担保英格兰王后的清白和无辜。”

“骗子！”

“在这里，我用性命担保，王后对国王明白而真诚、善良而清白，所以除了国王和加文爵士之外，我愿意接受任何人的挑战。这项提议就是我对王后的义务。”

圣父让我们听你的话，蓝斯洛。

在房中，奥克尼一族再次破坏了增长的怜悯之情。

“说这样的话，你简直是不知羞耻。”加文大喊道，“王后可以宽待任何人。但你这个胆小鬼,为什么要杀我的弟弟，他可是比爱我还要更爱你呢。”

这两个了不起的男人都说起了骑士语，正好契合了这个场合和他们澎湃的心情。

“上帝助我，我不会替自己开脱，加文爵士。如果事情可以重来,我宁愿杀死的是我的亲侄子波尔斯爵士。相信我，加文，我真的没有看到他们，而且我为此付出了代价。”

“你置我和奥克尼一族于不顾,你居然狠心地杀了他们。”

“加文爵士大人，你的看法让我觉得更加懊悔。”他说，“因为我很清楚，如果你反对，我就不能和国王和好。”

“说实话，蓝斯洛，你是因为通行令和庇护所的双重保护才能带王后来这里的，但是这不能掩盖你预谋杀死他人的事实，所以你还是赶紧离开吧。”

“你的意思是，我预谋杀死他们；上帝宽恕了我，大人。但我发誓，我从来没有杀害过自己的同袍。”

他拼命说自己是无辜的——但言者无心，听着有心。加文突然用手拍了一下匕首，怒吼道：“你就是那个意思。你是说拉莫瑞克爵士……”

罗契斯特主教把手套举得高高的。

“加文，我们可以暂时不要为这个争论吗？我们现在最着急的，是把王后接回来。蓝斯洛爵士想给这件事一个完美的解释，教会才能为此和谈提出合理的依据。”

“谢谢您，大人。”

加文目不转睛地盯着他，直到整件事在国王疲惫不堪的声音的催促下继续进行。他们走走停停，行动笨拙。

“有人抓到你和王后一起。”

“大人，我莫名地被召唤到见我的女士、你的王后，但我刚进房，阿格凡爵士与莫桀爵士就来敲门，口口声声说我是无耻的叛徒。”

“他们说得一点儿没错。”

“加文爵士大人，那场争执就是他们做错的证明。我这样说，完全是为了王后考虑，与我的名声无关。”

“好极了，好极了，蓝斯洛爵士。”

残缺骑士转向他那位老朋友——他这辈子敬爱的第一个人。他收起了骑士语，又换成了日常语。

“你们真的不能宽恕我们吗？我们的友谊永远消失了吗？亚瑟，我们之所以回来，只是为了向你表达忏悔之情。我们并肩作战的美好时光，你都忘记了吗？如果你大人有大量，宽恕我们，所有的事情都可以在加文爵士的好意下回到原点。”

“国王必须行事公正。”红发男子说，“你为什么不放过我的几个弟弟？”

“加文爵士，我从来没有伤害过任何人。在这个房间里，很多人的自由，甚至他们的生命都是我的，这么说一点儿也不夸张。我曾在他人挑起的争端中为王后而战，在我挑起的争端中为她而战，又有何不可呢？你可曾记得，加文爵士，为了让你免于不名誉的死亡，我不是也为你而战吗？”

“但是现在，”莫桀说，“为什么奥克尼一族只剩下两个人了？”

加文突然转过头去。

“国王想干什么都行。至于我，从六个月前我发现加瑞斯爵士没死那一刻开始，我就想好了。”

“我向上帝祈求，他当时全副武装，那样他说不定就能免于一死，也许我会死在他的剑下，就不用像现在这样悲伤了。”

“好高贵的演说啊！”

突然，这名老人激动地冲着能把他的话听进耳朵的人嚷嚷道：“为什么你会觉得我想杀他们？是我封加瑞斯为骑士的。我爱他。得到他们死讯时，我知道你们肯定恨透了我，一辈子不会宽恕我。我很清楚，这意味着没希望了。我从来没想过要杀死加瑞斯爵士。”

莫桀低声说：“我们也是。”

蓝斯洛最后一次尝试着说服对方。

“加文，抱歉。为了这件事，我后悔得要命。我能感受到你的痛苦，因为我和你一样痛苦。如果我苦行悔过，你能平息我们国家的纷争吗？不要逼我为自己的生命而战，让我为加瑞斯朝圣吧。到时，我会穿着衬衣，打着赤脚，从三明治港出发，步行到卡利西。途中，每隔十英里，我就会以他的名义捐奉弥撒。”

“加瑞斯的血，”莫桀说，“是可以用捐奉来偿还的吗——尽管罗契斯特主教应该会开心得要命。”

老骑士的耐心都被消磨光了。

“闭嘴吧你！”

就在这时，加文的心中再次燃起来了熊熊烈火。

“你的礼貌去哪儿了？你这个杀人魔鬼！小心我们当着国王的面要你的命。”

“这还需要……”

教廷大使的调停又开始了。

“求你了，蓝斯洛爵士。我们中间，总是需要一些能控制情绪、表现得体的人吧。加文，快坐下。他说，他想以加瑞斯之血的名义苦行悔过，结束这场战争。你们觉得呢？”

在这阵令人瞩目的静默中，红发巨人提高了音量：“我已经听到了蓝斯洛爵士的演说和他伟大的提议，但他杀了我弟弟，我这辈子都不可能原谅他，因为他背叛了加瑞斯爵士。如果我舅舅亚瑟王宽恕了他，我和盖尔一族将彻底与他决绝。不管怎么样，事实真相我们大家都知道。在国王和我本人看来，他就是叛徒。”

“加文，那些说我是叛徒的人一个不剩。王后的事我已经说清楚了。”

“这事已经解决好了。既然没办法对那个女人提出任何指控，我就什么都不说。我只是想告诉你，你将面临什么样的判决。”

“如果这是国王的判决，我心甘情愿接受。”

“你来之前，我就和国王商量好了。”

“亚瑟……”

“叫他国王。”

“大人，这是真的吗？”

那老人只是低着头。

“我想亲耳听国王说。”

莫桀说：“说吧，父亲。”

他就像是一只头受伤的熊，拼命地摇晃着脑袋，动作和熊一样笨重，注意力却始终放在地上。

“快说啊。”

“蓝斯洛，”国王说道，“你知道的，事实真相隔在我们之间。我的圆桌完蛋了，我的骑士只有两条路可以走，要么离开，要么死去。我从来没想过与你为敌，蓝斯，你也一样吧？”

“但这事不能结束吗？”

“加文说……”他微弱地说了一句。

“加文！”

“公义……”

加文站了起来，看上去狡猾、粗壮而高大。

“尊敬的国王陛下、大人、舅舅。你是想要我当庭宣布逮捕这个不义的叛徒吗？”

房间里变得静悄悄的。

“那么，你们都清楚了，这是国王的命令。王后应该回到国王身边，和以前一样享有至高无上的权力，而且谁都不能以莫须有的事怀疑她，她也不需要为此事负责。这是教宗的意思。但是你，蓝斯洛爵士，不义的骑士，你必须在十五天之内离开本国。我以上帝起誓，日后我必定会追击你，一举摧毁法兰西最坚固的城堡。”

“加文，”他痛苦地说，“不要来追赶我，我会接受放逐的判决。我会住在我法兰西的城堡。不要在来追赶我了，加文，否则战争就会无休止地持续下去。”

“还是把那里留给更好的人吧。要知道，那些城堡也是国王的。”

“如果你来追赶我，加文，千万别挑衅我，更不要逼亚瑟和我为敌。无论如何，我绝不会和我的朋友为敌。加文，看在上帝的分上，别让我们用剑指着对方。”

“别说了，老兄。你把王后送走，然后尽快离开宫廷吧。”

在某种最后关头的奋力一击之下，蓝斯洛开始全神贯注。他把目光从英格兰国王转移到折磨他的人身上，再慢慢地转向一言不发的王后，看着她手上荒诞无稽的橄榄枝，还有她那简陋、笨拙的着装。他仰着头，将他们的悲剧提升到某种高贵而严肃的层次。

“那么，夫人，我们是时候道别了。”

他拉着她的手，带着她走到房间中央，将她变成记忆中的那位女士。他的手、他的脚步和夹杂在他声音中的某种东西，让她再次像绚烂的英伦玫瑰一样绽放——这是他们最后一次相聚。他们一起朝早已被他们遗忘的胜利顶峰走去。和舞蹈一样庄严，这个滴水石像兽带着她走向中心，将她摆好嵌稳，成为王国的拱心石，为这件事画上句号。这是蓝斯洛爵士、亚瑟王和桂妮薇王后最后一次同时亮相。

“尊敬的国王陛下，我的老朋友，在我离开之前，我想说几句心里话。为了惩罚我，您要我离开我生活了一辈子的地方；你要我离开你们的国家，并让战争之火继续燃烧。现在，我会最后一次为王后而战。夫人，我要当着整个宫廷的面向你保证，如果你将来有任何危险或威胁，会有一小支军队从法兰西来保卫你——在座的人都听好了。”

他慎重地亲吻她的手指，僵硬地转过身，安静地穿过整个房间向门口走去。他离开的时候，眼前一片茫然，没有人知道未来会怎样。

十五天到多佛，所有受庇护的罪犯都要遵守这个时限。他必须遵守“不穿衣、不穿鞋、不戴帽、只穿衬衣，像是要去接受绞刑”的规定，以罪犯的方式来行事。他要拿着一个小十字架走在路中央，那是庇护所的象征。加文或他的人也许会偷偷跟在他后面，一看见他将护身符放在一边，就会立刻冲上去。不过，无论他穿的是什么，衬衣或者锁子甲，他都是他们的司令官。他迈着坚定的步伐，丝毫没有迟疑，双眼直直地盯着前方。跨过起点时，他的脸上流露出了坚忍的神情。这位年迈的士兵走出司法室时，房内的人们全都替他觉得不值，很多人侧目盯着那些红色的鞭子，不由得担忧起来。

第十一章

桂妮薇坐在卡利西城堡中王后的房间里。那张大床被做成了靠背长椅，在罩棚底下显得整齐而方正，所以你会觉得不太好意思坐下。长椅旁有个火炉，里面有个壶。此外，房间里还有一张高背椅和一张阅读桌，还有一本书，说不定就是但丁提过的那本书，作者是加罗多。这本书简直是太珍贵了，在当时相当于九十头公牛，但再好看的书，桂妮薇已经读过七遍，也早就觉得厌倦了。夜晚的光被新落的雪向上投射到房间里，把天花板照得亮堂堂的，比地板还亮，所以改变了平时光影的形态。那些影子是蓝色的，而且位置乱七八糟的。这位尊贵的仕女正在做女红，她端坐在高背椅上，看起来非常正式，而那本书就安静地躺在她旁边；此外，她的婢女坐在床边的台阶上，也在做针线活。

桂妮薇虽然手里做着针线活，脑袋却和普通的女裁缝一样处于半空白的状态，被填充的那一半脑袋则在她碰到的麻烦事中慢悠悠地晃荡着。她宁愿自己不在卡利西，离北方（也就是莫桀的故乡）非常近，这意味着离文明的保障非常远。比方说，她想待在伦敦——说不定就待在伦敦塔。伦敦塔窗外大都市的热闹和忙碌，才是她真正想看的，而不是这片一望无垠的白雪；伦敦大桥上挤满了摇摇欲坠的房舍，房子掉进河里的事时有发生，这才是她真正想看的。她记得很清楚，伦敦大桥个性十足，桥上有房子，叛乱者的脑袋就挂在长枪上。此外，大卫爵士和威斯勒大人也是在这里全副武装地比试的。那些房子的地窖在桥墩里，而且，每座桥都有自己的礼拜堂，还有一座塔可以进行防御工事。伦敦大桥就像是一幅画：主妇从窗里伸出脑袋，有的用长索把水桶缒进河里，有的倾倒废水、晾衣服，有的则在吊桥要拉起来时冲她们的孩子大吼大叫。

就这一点来说，就算一辈子待在伦敦塔不出来，也不错。在卡利西，每件事物都像一潭死水一样安静。但是在伦敦那座征服者的高塔里，伦敦东区人的频繁往来，即使是再坚硬的冰霜，也足以融化。就连亚瑟留在塔里的巡回动物园，也可以提供一个由噪音和气味组成的适意背景。动物园最近来了个新成员——一只成年的大象，这是法兰西国王送的，这件事被那只认真的新闻秃鹰马休·派里斯如实记录了下来。

随着思绪转向大象，桂妮薇把手里的针线活放在了一边，开始揉着手指。天太冷了，她的手指早就冻得失去了知觉，而且没有以前暖得那么快。

“爱格妮丝，你有没有给那些鸟儿喂面包屑？”

“是的，夫人。知更鸟今天快活得很，它对一只贪吃的乌鸦唱出了一声强壮有力的颤音。”

“可怜的家伙。但是看上去，它们应该会连续唱好几个星期。”

“大家离开不是很久以前的事吗？”爱格妮丝说，“现在，宫廷就和那些鸟一样，安静得可怕，而且冷漠无情。”

“他们会回来的，早晚会回来的。”

“没错，夫人。”

王后再次拿起针，小心翼翼地穿过去。

“他们说蓝斯洛爵士是一个大英雄。”

“没错，蓝斯洛爵士确实是一个勇敢的绅士，夫人。”

“最新，我在一封信里看到，加文和他决斗了一次。与加文为敌，他心里肯定难过极了。”

爱格妮丝加重语气说：“我实在想不通，国王为什么非要和加文爵士一起与他最好的朋友为敌。连盲人都看得出来，这根本就是他在意气用事。只是为了刁难蓝斯洛爵士，只是为了杀戮，只是为了让他们那些“持鞭者”干的好事公之于众，法兰西的土地被他们夷为了平地。够了，可以停止了，再继续下去，大家都没有好下场。过去的事就让它们过去吧，还有什么必要计较呢？这就是我想的。”

“我想，国王和加文爵士同行，就是为了表示公正。在他看来，奥克尼完全有权为了加瑞斯的死请求司法正义，我也是这样想的。而且，国王必须紧紧地抓着加文爵士，因为他是国王身边唯一的人了。他一直将圆桌视为自己最骄傲的事，但圆桌已经变得四分五裂，他不想让那些重要人物离他而去。”

“和蓝斯洛爵士作对，”爱格妮丝说，“只是为了保住圆桌。这样的做法实在太拙劣了。”

“加文爵士有权要求司法正义。至少他们是这样认为的。国王本不想这样做，只是受了那些人的摆布，他们有些人想占领法国，将法国据为己有，有些人早就对他极力维持的长久和平厌倦不已，有些人一门心思地想升官，还有些人则心心念念的都是为惨死在市集广场的人报仇雪恨。那些人都是莫桀的手下，是一群年轻的骑士，他们信仰民族主义，而且有人让他们相信我丈夫只是一个不合时宜的老头子；还有人与之前在楼梯上激战的人是亲戚；还有奥克尼一族，他们心中的仇恨根深蒂固。爱格妮丝，战争和火没什么两样。点火的也许只是一个人，但所有人早晚会深陷火海。起因复杂得很，绝不只是一件事。”

“嗯，夫人，我们只是女人，哪管得了那些了不起的大事啊？不过，来吧，那信里到底是怎么说的？”

桂妮薇静坐了很久，满脑子里想的都是她丈夫遇到的麻烦。她的目光虽然在信上，思绪却飘到了远方。过了好一会儿，她才慢慢地说：“国王对蓝斯洛不公平，就是因为国王非常喜欢他，不这样的话，他怕自己会因此而对别人不公平。”

“是的，夫人。”

“信上说，”王后突然回过神来，意识到自己正在看的信。“加文爵士每天骑着马去城堡前面，对蓝斯洛破口大骂，说他是个胆小鬼，是个叛徒。蓝斯洛的骑士气不过，忍不住冲出去和他决战，却全都被他打败了，有的人还受了重伤。就连波尔斯和莱尼尔，也差点死在加文剑下，幸好蓝斯洛爵士及时赶来救了他们。他告诉加文爵士，他是被迫这么做的，他就像是一只无路可走的野兽。”

“加文爵士呢，他怎么说？”

“加文爵士说：‘行了，别说了，开始吧，让我们把心愿了结了吧。’”

“他们后来打了吗？”

“没错，他们在城堡前面决斗。在场的人都保证绝不插手，他们的决战是从九点钟开始的。你也知道，早上是加文爵士力量最强的时候，所以他们才会这么早就开始决斗。”

“上天锤炼蓝斯洛爵士，愿他同时拥有三个男人的力量！据说，原住民中那些红头发的人身上都有精灵血统，你知道的，夫人，在正午之前，那位领主会因此而拥有三个男人的力量，因为太阳会为他而战。”

“那一定很糟糕吧？爱格妮丝。但问题是，蓝斯洛爵士太骄傲了，他绝不会剥夺对方这项优势。”

“如果他能活着，我一定会大吃一惊。”

“他差点就死了。不过，他把盾挡在前面，一直慢慢地闪避，往后撤退。所以，他受了很重的伤，但在中午以前，他一直防卫得非常完美，毫无破绽。后来的时候不用说也知道，精灵的力量变弱后，他果断地采取了攻势，在加文的头上重重地打了一下，他立刻倒在地上，事情就这样画上了句号。加文爬不起来了。”

“天啊，可怜的加文爵士。”

“是的。蓝斯洛本可以杀了他的。”

“不过，他没有。”

“没有。蓝斯洛爵士退后，靠着剑站着。加文求他赶紧杀了他。他更加愤怒地吼道：‘你为什么停手？来啊，快杀了我，让我一死了之。我宁愿死，也不会求饶的。别犹豫了，快杀了我，如果你放了我，我一定会回来找报仇的。’他哭了。”

“不用想也知道，”爱格妮丝明智地说，“蓝斯洛爵士绝不会攻击已经落马的骑士。”

“我们完全可以相信。”

“虽然和俊美沾不上边，但不可否认的是，他是公认的仁慈的好绅士。”

“无论是哪方面，他都是无法挑剔的。”

这种感觉让她们觉得不好意思，便不再说话，专心地缝起了手上的东西。没多久，王后说：“天色暗了，爱格妮丝，我们点几根灯芯草吧。”

“好的，夫人。我正好也是这样想的。”

她一边在火边点上灯，一边对这里的落后怨声载道，抱怨这些北方蛮族居然连蜡烛都没有。桂妮薇却满不在乎地哼起了歌。这是一首二重合唱曲，她以前经常和蓝斯洛一起唱，她一察觉到就立刻停了下来。

“啊，夫人，白天好像变长了。”

“没错，夫人，春天很快就要到了。”

爱格妮丝坐下来，在冒着黑烟的火光中继续开始做着手里的针线活。

“至于那件事，国王是怎么说的？”

“得知加文死里逃生的消息，他哭了。这让他想起了一些事，所以他觉得很难受，就生病了。”

“这是不是就是他们说的精神崩溃，夫人？”

“没错，爱格妮丝。他是悲伤过度，加文则是脑震荡，他俩都病倒了。但是，其他骑士的围城行动还在继续。”

“嗯，这算不上是一封令人高兴的信吧，夫人？”

“确实如此。”

“还记得，我之前收到过一封信——但他们说我是坏事传千里。”

“既然宫廷空了，世界也变得四分五裂，只有护国公还留在这里，所以只能把事情全都写在信里了。”

“啊，莫桀爵士，我从来没打算过接受他的喜好。我搞不明白，为什么他总是喜欢在大庭广众之下演说，还要把帽子脱下来让那些人欢呼呢？为什么他总是穿着黑衣服，仿佛在迎接要命的末日审判，穿快乐一点的颜色就那么难吗？我敢肯定，他是在模仿加文爵士。”

“那件制服是用来哀悼加瑞斯的。”

“哀悼加瑞斯？他什么时候关心过加瑞斯？打死我也不相信，他居然会关心别人。不，他从来没有关心过任何人。”

“不，爱格妮丝，他很关心他的母亲。”

“唉，她的喉咙被人开了个口子，真是活该。这群怪物，他们全都是。”

“我敢说，摩高丝王后是个奇女子。”桂妮薇若有所思地说，“这件事人尽皆知，再说，现在莫桀已经是高高在上的护国公了，再聊聊这个也不打紧。不过，她必定有慑服人的本事，否则她作为四个孩子的母亲，怎么可能俘获国王的心呢？唉，她已经是祖母了，居然还能让拉莫瑞克爵士爱上她。她的四个儿子中，如果有一个对她的感情会深厚到出手杀死她，那只能说明她对他们的影响力大得可怕。要知道，那时她已经是七十岁高龄。爱格妮丝，我想，莫桀一定是被她吃了，就像蜘蛛一样。”

“我以前确实听他们说过一次，说康瓦耳姊妹都是女巫。当然，摩根勒菲是她们之中最差的一个。不过，摩高丝也好不了多少。”

“我开始觉得有点同情莫桀了。”

“不用可怜他，夫人，他给不了你任何好处。”

“他执掌大权后一直对人和和气气的，而且很有礼貌。”

“嗯，是啊。大麻烦往往都是那些安静的人搞出来的。”

桂妮薇一边思考这句话，一边拿起了手边的材料。她焦虑地问道：“爱格妮丝，难道你认为莫桀有有什么阴谋？”

“这可不好说，他就是一个阴险的人。”

“国王信任他，让他管理国家、照顾我们，他会不会图谋不轨呢？”

“请原谅我直言，夫人，我已经无法理解您的国王了。他先是按照加文爵士的要求，和他最好的朋友对决，然后又把他的死敌捧上了护国公的高位。我不明白，他怎么会做如此盲目的事呢？”

“可是，莫桀一直循规蹈矩。”

“他只是想骗你们。”

“国王说莫桀会是下一任国王，而你不能让国王和未来的国王同时离开国家，所以他留下来当护国公就是顺理成章的事情了。这种处置不是很公平吗？”

“夫人，不造成不好的结果，才算得上是真正的公平。”

她们接着忙碌手里的针线活。

爱格妮丝补充道：“如果真的如此，那么国王和莫桀就要对换一下，让莫桀出去啊。”

“我就是这样希望的。”

接着，她解释道：“我想，国王是想和加文爵士在一起，万一发生什么事，他好为他们调解。”

她们继续做着针线活，但是看起来有些不自在。那些针融穿了暗色的材料，带出一道像流星一样长长的光。

“爱格妮丝，你觉得莫桀爵士可怕吗？”

“当然，夫人。”

“我也是。我注意到，他最近走路时总是轻飘飘的，而且……他看人的方式非常奇怪。还有，大家都在毫不顾忌地谈论盖尔人、撒克逊人和犹太人，以及那些互相叫嚣、让人情绪崩溃的事。就在上个星期，我亲耳听到他自己在笑，吓死我了。”

“他就是一只狡猾的狐狸。说不定，他正在偷听我们说话呢。”

“爱格妮丝！”

桂妮薇吓得手里的针都掉了，好像突然受到了很大的打击。

“唉，没事的，夫人。我只是在说笑而已，千万别当真。”

不过，王后还是僵在那儿。

“去门边看看，你说得没错。”

“啊，夫人，我不敢。”

“快把门打开，爱格妮丝。”

“可是夫人，也许他就在门后。”

她已经抓到那种感觉，无助的火光已经变得有些黯淡。没准儿，他就在这个房间里，躲在黑暗的角落里。她惊恐地站起身来，紧紧地抓着裙子，就像是一只头顶上老鹰飞过的鹧鸪。这两个女人突然强烈地觉得，这座城堡太晦暗、太空旷、太冷清了，而且黑暗和寒冬太多了。

“只要你去开门，他就会走开的。”

“但前提是，我们必须给他足够的时间离开。”

她们用声音来抗争，觉得自己被笼罩在一片乌云之下。

“去门边，开门之前先大声说几句话。”

“夫人，我不知道说什么。”

“就说：‘我可不可以开门？’然后我就说：‘好，是应该上床睡觉了。’”

“我想，是应该上床睡觉了。”

“接着说。”

“很好，夫人。可以开始了吗？”

“是的，快去吧。”

“不知道我能不能做好。”

爱格妮丝面对着门，好像随时可能遭到那扇门的攻击，然后扯着嗓子说话。

“我要开门了。”

“是时候上床睡觉了。”

外面静悄悄的。

“好了，开门吧。”王后说。

她拉起门闩，推开门，只见，莫桀微笑地站在门框中。

“晚安，爱格妮丝。”

“你好，大人！”

这个惊吓过度的女人一手捂着胸口，像喝醉了一样向他行了一个宫廷礼，然后飞快地从他身边跑过，朝楼梯飞奔而去。他礼貌地让了路。她离开后，他才走进房间。他穿着那件华丽的黑天鹅绒服，殷红的徽章上镶着一颗又冷又硬的钻石，在烛光下闪闪发光。如果你还是一两个月前见过他，一眼就能看出他彻底疯了，不过，他的脑子是慢慢变糊涂的，所以那些和他住在一起的人丝毫没有察觉。紧随其后的是他那只黑色小狮子狗，它亮晶晶的眼睛和卷曲的尾巴左摇右晃。

“我们的爱格妮丝看上去很紧张。”他说，“晚安，桂妮薇。”

“晚安，莫桀。”

“这是精美的小刺绣吗？我还以为你是在为士兵们织袜子呢。”

“你来干吗？”

“没什么，就是来看看。请原谅我这戏剧化的举动。”

“你一直在门外等着吗？”

“夫人，不管怎么样，人不是都要从门口进来吗？这可比从窗户进来容易多了——不过，大家应该都知道，有些人会那样做。”

“是的。要不，坐一会儿吧。”

他忸怩地坐了下来，狮子狗跳到了他的大腿上。从某方面来说，他就像是一场悲剧，因为他正在经历和他母亲同样的事。他在演戏，不肯面对现实生活。

描述蛇蝎美人背叛爱人，并使爱人走向毁灭的悲剧有很多，比如，克瑞西达、克丽奥佩特拉、大利拉，甚至还有几个女孩像杰西卡一样淘气，把自己的爱人带到父母面前，让他们伤透了脑筋，但悲剧的核心并不在于此。在男人的灵魂面前，那些简直不值一提。就算安东尼最后死在他的剑下，又怎么样呢？同样都是死。是母亲的欲望腐蚀了他的心智，而不是爱人的希望，而杀死这个悲剧人物真正的凶手，也是同样的事物。他一直深爱着约卡丝坦，而不是朱丽叶。把哈姆雷特逼疯的人是葛楚德，而不是那个像傻子一样的奥菲莉亚。所有轻佻的女孩都能轻易地俘获某个人的心，所以悲剧的核心与巧取豪夺毫不相干，而在于给予、增添、追加以及与衾枕无关的抚慰。在莫桀看来，黛丝德蒙娜被夺走的生命与荣誉没有任何价值，因为所有的事物都是他从她身上夺走的——当母亲的角色胜利存活，又给了他令人窒息的爱时，早就有人偷走和掩盖了他的灵魂，他的灵魂已经大半都干枯了，而且好像连恶意的罪名都不需要负担。在奥克尼一族中，莫桀是唯一没有结婚的人，当年，兄长们飞奔到英格兰时，却让他留下来整整陪了她二十年，成了她的粮食。现在，她死了，他顺理成章地变成了她的墓穴。她不管是死了还是活着，始终像可怕的吸血鬼一样跟着他。他走路、打喷嚏，显露出来的其实是她的姿态。他也曾和她一样玩过同样残酷的魔法。他甚至像她一样开始养玩赏用的小型犬——虽然他对她的狗充满了苦涩的嫉妒，正如他对她情人的痛恨。

“我是不是在今晚的空气里感受到了一丝凉意？”

“二月很冷，这没什么好奇怪的。”

“我觉得，这是因为我们之间的关系很微妙。”

“我丈夫多指定的护国公受到王后的爱戴，有什么不对吗？”

“但在我看来，你应该不会这样对你丈夫的私生子吧？”

她放下了手中的针，直愣愣地看着他。

“我不知道你为什么过来，也不知道你想要什么。”

她努力藏起自己的敌意，最后却还是表现了出来。他长这么大，还没有怕过谁呢。

“我想和你聊聊政治现况，聊几句就行。”

她明知道他们面临着某种危险，却无计可施。虽然她暂时没有对他的神智产生怀疑，但她现在一把年纪了，早就无力对付狂人了。他的语调中充满了令人厌恶的讽刺，这让她觉得自己非常虚假，所以无法简单地表达自己的心意。但她不会认输。

“说说你的想法吧，我很乐意听。”

“你真是个慷慨的人……珍妮。”

简直太恐怖了。他努力地想让她成为自己幻想的一部分，他面对的，其实并不是一个真实的人。

她气愤地说：“莫桀，麻烦你用我的头衔来称呼我。”

“啊，当然。如果我不小心破坏了蓝斯洛专用的东西，请原谅。”

他话中的嘲讽就像兴奋剂一样，将她这尊雕像唤醒了；她体内的王室女子出来了，那位叱咤岁月五十载的贵妇挺直了背脊，戒指在她得了风湿的手指上闪烁着耀眼的光芒。

“你一定会发现，”她立刻回答道，“这一点儿也不容易。”

“哎呀！不过，我可能很快就要这么做。你一直是个烈性子……珍妮王后。”

“莫桀爵士，如果你不能像个绅士一样说话和做事，那我就走了。”

“去哪儿？”

“去什么地方都行，只要我这个和你母亲一样老的女人能够避开你放肆言行就行。”

“问题是，”他想了好一会儿，才说，“有这样的地方吗？所有的人都去法兰西了，而这个王国我说了算，所以这个计划似乎早就注定会失败。当然，你也可以去法兰西……如果你去就好了。”

她懂了，或者说慢慢懂了。

“我不知道你到底在说什么。”

“那你一定要想明白了。”

“如果你能原谅我，”说完，她站起来，“我要叫我的婢女来了。”

“好的。不过，我还是会把她送走的。”

“爱格妮丝会服只会听从的命令。”

“那倒未必。不相信，我们可以试试。”

“莫桀，你可以离开了。”

“不，珍妮。”他说，“让我留下吧。不过，只要你能老实实地坐一分钟，听我说话，我一定会表现得像个无可挑剔的绅士——事实上，那些英勇的骑士什么样，我就会是什么样。”

“我根本无从选择。”

“没错。”

“你到底想干吗？”她问。她坐下来，双手在膝上交握。这种危机四伏的生活，她早就习以为常了。

“别这样，”他的语气高昂愉快，而且相当疯狂，这种猫抓老鼠的游戏让他非常享受。“我们简单地用这种单调的方式说话和做事。开始谈话之前，一定要轻松点，否则会觉得非常紧张。”

“行，你说吧。”

“不，不。哦，对了，你必须叫我的小名，比如莫迪。只有这样，我叫你珍妮的时候才不会尴尬。相信我，气氛一定会很轻松愉快的。”

她什么都没说。

“桂妮薇，你知道自己是什么立场吗？”

“当然知道，我是英格兰王后，而你是护国公。”

“亚瑟和蓝斯洛在法兰西决战时才是这样。”

“的确如此。”

“如果我告诉你，我今天早上收到了一封信呢？”他拍着那只狮子狗，“信上说，亚瑟和蓝斯洛都死了。”

“我才不相信你的鬼话呢。”

“他们在一场战役中互相残杀，最终同归于尽。”

“不可能。”她冷静地说。

“确实没有。你怎么知道？”

“如果明明不是这样，你还非要这么说，那只能说明你太残忍了。你为什么要骗我？”

“我骗过了很多人，珍妮，很多人都相信了。”

“为什么？”她问，还是没有听出他的弦外之音。然后，她停了下来，屏住呼吸。在此之前，她从来没有害怕过，而且这次是因为亚瑟而害怕。

“你不能……”

“嗯，为什么不能？”他开心地说，“而且我要。如果是将亚瑟的死讯公告天下，你觉得会怎样？”

“但是莫桀，你这样做是不对的！他们明明还活着……你什么都有了……国王让你做他的代理人……你的忠诚……这绝对不是真的！亚瑟对你一直都是那么公正、谨慎……”

他的眼神没有一丝温度，“我从来没有要求过他的公正。他之所以这样对待别人，只是觉得好玩而已。”

“但无论如何，他是你的父亲。”

“这个嘛，我什么时候要求他生我了？再说，依我看，他只是为了寻开心。”

“我明白了。”

她坐在那里，不安地扭绞着手上正在缝制的东西，尝试着思考。

“你为什么恨我丈夫？”她问，语气中充满了惊奇。

“错，我一点儿也不恨他，我是鄙视他。”

“事情发生时，”她温柔地给出解释，“他根本不知道你母亲是他姐姐。”

“也就是说，他亲手把我们放到船上送我们出海时，也不知道我就是他的儿子吗？”

“那时他太年轻了，还不到十九岁，莫桀。他们用预言吓唬他，他也是被迫的。”

“在遇到亚瑟王之前，我母亲一直是个好女人。她和奥克尼的洛特生活得非常幸福，他们有四个儿子。但后来到底是怎么回事？”

“但她足足比他大了一倍！我觉得……”

他举起手来，意思是让她闭嘴。

“你现在说的是我的母亲。”

“非常抱歉，莫桀，但真的……”

“我爱我母亲。”

“莫桀……”

“亚瑟王找的这个女人对自己的丈夫非常忠诚。但自从他离开后，她就堕落成了一个荡妇。最后，她和拉莫瑞克爵士赤身裸体死在床上，杀她的正是她的亲生孩子，这完全是罪有应得。”

“莫桀，如果你不知道……如果你怀疑亚瑟的仁慈、悔恨和不幸，那就什么都不用说了，说了也没用。他喜欢你。

就在这令人伤心的事发生一两天前，他还一直口口声声说自己有多爱你……”

“这种爱，还是留给他自己吧。”

“他一直是一个公正无私的人。”她恳求道。

“公正而高贵的国王！没错，事后当个公正的人确实不是什么难事。最有趣的部分莫过于此。司法正义！这还是留给他自己吧。”

在再次开口之前，她努力平复自己的心情。“如果你公开称王，他们会从法兰西回来和你决一死战，那样我们面对的就是两场战争，而不是一场，而且这场战争会在英格兰打响，同盟会因此而土崩瓦解。”

他笑了，笑得很开心。

“简直太难以置信了。”她捏着那幅刺绣。

她什么都不能做。他的脑子里突然蹦出了一个念头，要是她屈服于他，用她那把老骨头跪下来求他，说不定能博得他的同情。但是很明显，这一点儿用都没有。他的主意好比是一颗放在沟里的球，已经定了。就连他现在说的话，也只是台词的一部分而已，一如往昔。结局要严格照搬剧本。

“莫桀，”她无助地说，“你不同情亚瑟和我无所谓，但你总要可怜可怜这个国家的人民吧？”

他把腿上的狮子狗推到地上，站起来，微笑地看着她，眼神中闪烁着疯狂的满足。他伸展着身子，俯视着她，却根本看不见她。

“就算我不同情亚瑟，”他说，“但我必须同情你。”

“什么意思？”

“我在思考模式的问题，珍妮，这个模式非常简单。”

她沉默地看着他。

“没错，我父亲和我母亲做出了乱伦的丑事。珍妮，我觉得，我响应此事，娶我父亲的妻子就是一种模式，你认为呢？”

第十二章

加文的帐篷里很暗，唯一能看到的光亮就是一个装着煤炭的平底锅。和英格兰骑士华丽的帐篷相比，这座帐篷简直可以用破旧不堪来形容。硬板床上有几条奥克尼格纹的花呢，而装着圣水的铅制水壶是它唯一的装饰。里头的水是他的药，水壶上刻着“汤玛斯乃圣疾之良医”，和一束枯干的石南一起绑在柱子上。这是他家里的守护神。

加文侧卧在花呢布当中，他哭得非常伤心，显得很无助，亚瑟则安静地坐在他身旁，轻轻地拍着他的手。他的伤口让他变得像个孩子一样脆弱，否则他绝不会哭。老国王正在努力地安抚他。

“别伤心了，加文。”他说，“你已经尽力了。”

“这是他第二次宽恕我了，这个月的第二次。”

“蓝斯洛是个要强的人，岁月善待他，似乎没有在他身上留下任何痕迹。”

“我求他杀了我，但他为什么不杀呢？我告诉他，如果他饶了我，我复原后一定会再来找他的。”

“而且，上帝啊！”他哭着补充道，“我的头痛得快要爆炸了。”

亚瑟叹着气说：“这是因为你被击中两次，而且是同一个地方。你的运气实在太差了。”

“简直太丢人了。”

“干脆别想了。老老实实地躺着吧，如果发烧了，还怎么打长期战呢？真是那样，我们可怎么办呢？如果没有加文的领导，我们还不如直接举手投降呢！”

“亚瑟，我只是个稻草人而已。”他说，“充其量只能算是个脾气暴躁的恶霸，根本不是他的对手。”

“说自己一无是处的人，往往是最有能力的。行了，到此为止吧，说点开心的事吧，比如，英格兰。”

“我们永远看不到英格兰了。”

“瞎说。春天，我们就可以看到英格兰了。嗯，春天很快就要到了。雪球花早就钻出来了，而且我敢说，桂妮薇那儿的番红花也开了。她的园艺了得。”

“桂妮薇对我很好。”

“我的桂妮对每个人都很好。”老人自豪地说，“真想知道，她现在在做什么。应该在睡觉吧。或者她待到很晚，和你弟弟聊天。一想到他们此刻正在聊我们的事，这种感觉真的好极了；不过，他们也可能正在谈论加文的英勇佳话；或者桂妮正在说，希望她的老家伙赶紧回家。”

加文在床上辗转反侧。

“我确实想回家了。”他低声说，“如果和莫桀说的一样，蓝斯洛对奥克尼一族深恶痛绝，那他为什么不杀了奥克尼族的领主呢？难不成他真的错杀了加瑞斯？”

“没错，一定是错杀。如果你肯帮我们结束这场战争，我们就会收兵。你应该清楚，我们之所以出战，正是为了你的正义。不管是我，还是其他想要打仗的人，最后全都要遵从你的正义。如果你想要修兵谈和，我绝对是最高兴的人。”

“嗯，但我发过誓，一定要和他决一死战。”

“你已经努力了两次。”

“而且两次都被打得半死。”他苦涩地说，“他已经有两次结束这场战争的机会。还是算了吧，只有胆小鬼才会谈和。”

“最勇敢的人，才不会在乎别人把他们当成胆小鬼呢。你应该没忘记，我们在欢乐堡外唱了好几个月时，蓝斯洛是如何像个懦夫一样躲在里面的吧？”

“加瑞斯的脸一直在我脑子里闪现。”

“一听到这件事，我们就会非常伤心。”

虽然对加文来说，思考一点儿也不容易，但他还是努力地思考着。在这黑暗的夜晚中，他头上又受了伤，思考变得更加困难。自从在圣杯探险中被加拉罕重击后，他就经常头痛，而现在，机缘巧合之下，蓝斯洛在两次决斗中击中了同一个地方。

“只因为输了，我就必须放弃吗？”他问，“现在放弃，和夹着尾巴逃跑有什么区别？如果我能在第三次约战中打败他，我说的是也许，然后饶那位司令一命……那样才公平。”

“英格兰的田野很快就会出现金凤花和雏菊的美丽的影子。”国王沉思道，“如果能赢得和平，那再好不过了。”

“嗯，春天还可以放鹰呢。”

倒在黯淡床铺上的人因为思考过度而扭动了一下，但很快就因为疼痛难忍而浑身僵硬。

“全能的上帝啊，我的头快要爆炸了。”

“需要一块湿布吗？或者喝一杯牛奶？”

“不了，我忍忍就行了。但不会有用的。”

“可怜的加文，但愿你的脑袋完好无损。”

“受损的是我的灵魂，而不是脑袋。还是聊点别的吧。”

国王迟疑了一下，说：“我不能说的。我该走了，你好好休息吧。”

“啊，别走，再陪陪我。我不想一个人，那样太无聊了。”

“医生说……”

“让医生去死吧。稍等一下。握住我的手，告诉我一些英格兰的事吧。”

“明天应该会有信来，到时我们就能知道很多英格兰的事了。我们会得到最新的消息，年轻的莫桀会写信来，我的珍妮没准儿也会写信给我。”

“从某方面来说，我总是会从莫桀的信中产生喝倒彩的感觉。”

亚瑟立马为他辩护。

“那是因为他生活得很不开心。我确信，他有一颗充满爱的心，这一点毋庸置疑。桂妮说过，他把全部的温情都给了自己的母亲。”

“他确实很喜欢我们的母亲。”

“他可能爱上她了。”

“这大概就是他嫉妒你的原因。”

这个发现让加文大吃一惊，他还是第一次有这种想法。

“她和拉莫瑞克偷情时，他让阿格凡爵士杀了她，大概就是这个原因……我可怜的孩子，这世界亏欠他太多了。”

“我只有他这一个兄弟了。”

“我知道。蓝斯洛的事的确很悲惨，但是个意外。”

洛锡安领主激动地挪动着他的绷带。

“意外？怎么可能呢？如果他们戴着头盔，我还可以这样敷衍自己，可是他们头上什么都没有，他肯定能认出他们。”

“我们经常说起这件事。”

“唉，又有什么用呢？”

老人的话给人一种悲惨无助的感觉：“加文，你觉得你永远不可能原谅他吗？但我不是想帮他说话，如果司法正义可以和慈悲之心综合一下……”

“如果哪天他被我逮到了，我会综合的，但在此之前，门都没有。”

“嗯，这件事你自己决定吧。医生大概是来告诉我待得太久了。进来吧，医生，快进来。”

但来人并不是医生，而是罗契斯特主教。他风风火火的，还带着几个包裹和一盏铁制提灯。

“是你啊，罗契斯特。我们还以为是医生呢。”

“晚安，大人。晚安，加文爵士。”

“晚安。”

“今天好点了吗？”

“是的，谢谢你，大人。”

“嗯，这真是个好消息。”

他开玩笑似的补充道，“我也带来了一些好消息。信差来早了！”

“有信！”

“有你的一封信，”他把信递给国王，“信很长。”

“有我的吗？”加文问。

“恐怕这星期没有。下次，你的运气一定会好些。”

亚瑟拿着信走到提灯旁，打开封口上的火漆。

“请允许我读出声来。”

“当然，有英格兰的消息来，我们总不能死守那些古板的礼仪不放吧。上帝啊，加文爵士，我连做梦都没想过自己会变成一个朝圣信徒，还在异地寻欢作乐……”

主教的闲谈戛然而止。亚瑟一动不动。他的表情没有任何变化，既没让那封信掉下来，也没直愣愣地盯着前方。他静静地读着，但罗契斯特什么都没再说，加文也用一只手肘把自己撑起来。两人张着嘴巴，全神贯注地看着他读信。

“大人……”

“没事，”他挥了挥手，“抱歉，有新消息。”

“我希望……”

“拜托，请让我先看完。去和加文爵士聊聊吧？”

加文好奇地问：“难道有坏消息……可以让我看看吗？”

“不，求你了，给我一分钟就行了。”

“莫桀吗？”

“不，没什么事。医生说……大人，我们出去说几句话。”

加文开始用力，想让自己坐起来。

“快说吧。”

“听话，快躺下，没什么好生气的。我们马上就回来。”

“如果你们不说，我立马就走。我会跟在你们后面。”

“真的没事，小心，别把头弄伤了。”

“到底是什么事？”

“没事，只不过……”

“嗯！”

“好吧，加文。”他突然崩溃了，“看样子，莫桀已经被新党拥立成英格兰国王了。”

“莫桀！”

“他告诉那帮人，我们死了，你看，”亚瑟说，好像这种某种需要解释的问题，“然后……”

“莫桀说我们死了？”

“他说我们死了，然后……”

他吞吞吐吐，不知道怎么说出口。

“到底怎么了？”

“他要娶桂妮薇。”

四周突然陷入了一片死寂，主教茫然地将手移向胸前的十字架，加文则拼命地攥着那些红色布块不放。接着，他们同时开口了。

“护国公他……”

“这怎么可能？绝对是在开玩笑。我弟弟怎么会做这样的事呢？”

“但是很可惜，此事千真万确。”国王耐着性子说，“这封信是珍妮写的。上帝才知道，她是怎样熬过来的。”

“王后的年纪……”

“他声称，一坐上国王的宝座，就立刻向她求婚。她孤零零一个人，无人求助，除了答应她的求婚之外别无他法。”

“接受了莫桀的求婚！”

加文费了好大劲儿，才让双腿在床边悬垂着。

“舅舅，把信给我。”

他那只无力的手拿着信（那只手已经主动投降了），凑近灯光看了起来。

亚瑟继续解释。

“王后答应嫁给莫桀，请求去伦敦打点嫁妆。她带着几个心腹去了伦敦，突然逃进了伦敦塔，封住了闸门。上帝保佑，那是一座坚固的要塞。他们把伦敦塔围得水泄不通，莫桀甚至还举起了枪。”

罗契斯特一脸疑惑地问：“枪？”

“还有大炮呢！”

这已经不在这位老修士的理解范围之内了。

“这简直太荒谬了！”他说，“先是说我们死了，他要和王后结婚！后来还用上了大炮……”

“现在枪已经送到了。”亚瑟说，“圆桌彻底完了。我们必须立刻赶回去。”

“用大炮对付血肉之躯！”

“我们必须马上回去救援，大人。加文除外……”

但奥克尼领主下了床。

“加文，你想干吗？快躺下。”

“我也要回去。”

“加文，快躺下。罗契斯特，帮帮忙，让他躺好。”

“我最后一个兄弟违背了他对忠诚的誓言。”

“加文……”

“而蓝斯洛……啊，上帝啊，我的头！”

他在忽明忽暗的烛光下摇晃地站着，双手抱着头上的绷带，他的影子不停地绕着帐篷柱子打转，看起来有些诡异。

第十三章

爱尔兰的安贵斯曾梦见，他们所有的城堡和城镇都被风吹倒了。现在,这阵风正打算这样做。他环着班威克城堡吹,吹在所有管风琴的音栓上，制造出了令人震耳欲聋的噪音,和未经过处理的丝团在林间被人拉开得差不多；像是我们用梳子拉扯头发；像是一堆堆细沙从铲子倾落到沙发上；像是大幅亚麻布被撕裂；像是远方战场上的鼓声；像是一条像小河一样的长的蛇蠕动着穿过这世界下层的树木和房舍；像是老人的叹息、女人的哀号和狼群狂奔的足音。风在烟囱中奔跑着、呼啸着、颤动着，更可怕的是，它听上去和活物差不多: 某种怪兽一样的原始生物,正在为了自己的不幸而悲泣。这是但丁的风，卷裹着迷途的爱侣和鹤鸟：无法安息的撒旦不安分地骚动着。

在西面的海中，它打破了海面的平静，毫不留情地将水拉出水面，变成泡沫后狂啸而去。在干燥的陆地上，它让树木向前倾倒。树根纵横交错的棘木彼此依靠，一棵树呻吟着抵在另一种哀号不断的树上。茂密的树枝摇摆着发出了噼里啪啦的声音，鸟儿勇敢地迎着风，身体呈水平，细小的脚爪则几乎和锚一模一样。断崖上的游隼一动不动地坐着，山羊胡被雨水淋成了一绺绺，湿淋淋的羽毛坚强地站在头上。在微光中，野雁飞向它们夜晚的巢穴，气流实在太强大了，它们一分钟也很难前进一码，惊恐的叫声却被风吹到了身后很远的地方，所以虽然它们距离地面只有几英尺，但你要等到它们飞过去后，才能听见它们的声音。绿头鸭和赤颈凫展翅高飞，狂风紧追不舍，还没到目的地，它们就消失得无踪影了。

在城堡门下，摇晃不定的灯芯草被刺骨的强风折磨得痛苦不堪。它们像潮水一样涌进螺旋楼梯道里，百叶窗被震得咔咔直响，一路尖叫着穿过关闭的窗扇，将冷冰冰的挂毯变成严寒的波浪，在浪间四处追寻船脊龙骨的影子。石砌高塔在风中瑟瑟发抖，像乐器上的低音弦一样不停地抖动；塔上的瓦片飞了出去，撞击几次后直接变成了碎片。

这时，波尔斯和布雷欧贝里斯正蜷缩在暖烘烘的火炉前；凛冽的寒风吹来，似乎连火的温度也带走了。火焰本身也仿佛冻住了，就像是刷上了一层油漆。这阵莫名其妙的怪风把他们的思绪搅得乱七八糟。

“但是，他们为什么走得这么匆忙呢？”波尔斯抱怨道，“我长这么大，还没听说过围城这么快就能拔营呢。他们连夜拔营，就像被吹风吹跑了一样。”

“他们肯定听到了什么坏消息，英格兰那边肯定出事了。”

“有可能。”

“要是他们想原谅蓝斯洛，一定会送信来。”

“确实有点怪，什么都没说就驾着船走了。”

“依你看，是不是哪里发生叛乱了？康瓦耳，威尔士，或者爱尔兰？”

“原住民就是喜欢惹事。”布雷欧贝里斯面无表情地表示赞同。

“应该不是叛乱。大概是国王病了，我们必须尽快赶回去。或者，是加文病了。蓝斯洛第二次击中他的时候，可能正好打中了他的头。”

“也许吧。”

波尔斯拼命地击打着火焰。

“什么都没说就走了。”

“蓝斯洛怎么什么表示都没有呢？”

“他能做什么？”

“我也不知道。”

“他已经被国王放逐了。”

“没错。”

“那还能做什么呢？”

“尽管如此，”布雷欧贝里斯说，“我还是希望他有所行动。”

塔楼楼梯底下的门突然开了，挂毯向外飞卷，灯芯草站了起来，炉火也冒着黑烟，蓝斯洛的声音在风中回荡：“波尔斯！布雷欧贝里斯！德马瑞斯！”

“在这里。”

“哪里？”

“上面。”

远处的门关上后，房间又变得静悄悄的。灯芯草再次躺下来；刚刚他们还听不太清蓝斯洛的吼叫声，但现在，他踩在石阶上的脚步声变得越来越清晰。他急匆匆地走进来，手里有一封信。

“波尔斯，布雷欧贝里斯，总算找到你们了。”

他们已经站起来了。

“有一封来自英格兰的信。信差的船因为大风而被搁浅了，就在距离这里五英里的海岸边。我们要离开出发。”

“去英格兰？”

“没错。当然是去英格兰。我已经和莱尼尔商量好了，他当运输官，至于你嘛，波尔斯，你就负责监看草料吧。只要这阵狂风平息，我们就立马出发。”

“我们去干什么？”波尔斯问。

“你为什么不告诉我们这个消息呢？”

“消息？”他含糊地说，“时间紧迫，先别说这个了，到船上再和你们说吧。来，看看信吧。”

他把信递给波尔斯，没等他们回应就走了。

“天哪！”

“快看看，上面到底是怎么说的。”

“我还不知道是谁把这封信送来的呢。”

“信上可能有。”

他们的研究只进行到日期的部分，蓝斯洛就此出现了。

“布雷欧贝里斯，”他说，“忘记告诉你了，你还要负责照看马匹。行了，把信给我吧。要想把这封信拼出来，恐怕你们今晚睡不了觉了。”

“信上说什么。”

“消息多半是信差说的。听说，莫桀背叛了亚瑟，自封为英格兰的领袖，还打算和桂妮薇结婚。”

“她不是已经结婚了吗？”布雷欧贝里斯问道。

“所以他们才会放弃围城啊。后来，莫桀好像从肯特发兵，想阻止国王登陆。他公布了亚瑟的死讯，把王后围在伦敦塔里，还兴师动众，连大炮都用上了。”

“大炮！”

“他和亚瑟在多佛展开激战，想阻止他登陆。战况不太妙，海战和陆战各占一半，但最终国王胜利了。他成功地登陆了。”

“信是谁写的？”

蓝斯洛重重地坐在地上，神情沮丧。

“是加文，可怜的加文送来的！他已经死了。”

“死了！”

“死了，还怎么写？”布雷欧贝里斯有一肚子的问题要问。

“这封信太可怕了。加文是个好人，你们都逼我和他为敌，但你们没有一个人了解他的内心。”

“别磨蹭了，开始读吧。”波尔斯不耐心地说。

“我真不该让他的头受伤，这对他来说太危险了。他不该随军动身，但他觉得很孤单，而且非常伤心，还遭到了背叛。他唯一的弟弟成了可耻的叛徒。他坚持要去助国王一臂之力，在登陆的过程中，他试图出击，却被人击中了旧创，几个小时后就死了。”

“这有什么好难过的？”

“听我读完。”

蓝斯洛把信拿到窗边，一言不发地打量着信上的笔迹。这笔迹看上去非常动人，字与其本人简直是天壤之别。看到加文的字，你绝不会联想到作家；事实上，如果他是个目不识丁的文盲，说不定更自然。但是，信上所写的并不是当时通用的、长得和钉子一样的歌德体，而是可爱的古老盖尔草书，字迹还是和他在黯淡的洛锡安向某位年迈的圣人学习时一样，端正工整、浑圆小巧。他很少写字，这门艺术的美才得以保存。那是一名年老女仆的手，也可能是某个思想老派男孩的手，他静静地坐在那儿，双腿圈住凳子脚，一边吐着舌头，一边小心翼翼地写字。他天真的精确和优美的老式笔尖从悲伤与热情中穿过，步入暮年。蓝斯洛眼前仿佛浮现出这样一幅画面：一个天真烂漫的小男孩从黑色的铠甲中走出来，他赤着脚，脚趾是蓝色的，手指就像是一个个细瘦的胡萝卜一样，紧紧地抓着一枝海草根，瞧，他的鼻子上还挂着亮晶晶的鼻涕呢。

致蓝斯洛爵士，我所见过的最高贵的骑士之花：我，加文爵士、奥克尼洛特王之子、高贵的亚瑟王之甥，向您表达最崇高的敬意。

我向全世界宣告，我，圆桌骑士加文爵士，最大的愿望就是死在您剑下——这不是您的义务，只是我本人的请求。因此，我恳求您，蓝斯洛爵士，若有朝一日能再度站在这片土地上，当您在我们墓碑面前向上帝祈祷时，请为我的灵魂祈福。

今日，有人再次击中了您上次给我的伤口，写下这封信的时候，死亡之神正在不远处召唤我，尊敬的蓝斯洛爵士——我可能没办法死在更高贵的人手中了。

又，蓝斯洛爵士，为了您和我之间的情谊……

蓝斯洛停住了，把信扔到了桌上。

“算了吧，”他说，“我读不下去了。他让我赶紧去帮助国王对付他的弟弟，对付他唯一的亲人。加文深爱着他的家人，最后却失去了所有人。在信中，他说他原谅我了，还说一切都是他的错。上帝明白，他是个正直而善良的兄弟。”

“国王的事我们要怎么办？”

“我们必须赶紧去英格兰。莫桀已经撤退到坎特伯雷，还在那里开辟了新的战场。消息被暴风雨耽搁了，所以这场战事说不定早就结束了，宜早不宜迟。”

布雷欧贝里斯说：“放心吧，我会好好照看马匹的，但是，我们什么时候启程呢？”

“明天。今晚。现在。总之，风停了，我们就马上走，一刻也不能耽搁。”

“好极了。”

“还有你，波尔斯，草料就由你负责吧。”

“好的。”

蓝斯洛跟着布雷欧贝里斯走向楼梯，走到门边却又转过身来。

“王后被包围了，”他说，“我们必须想办法救她。”

“是。”

最后，只有波尔斯独自一人留下来，与那阵风相伴，他好奇地拿起那封信，在微弱的火光中看了起来：g 写得像 z，b 弯弯曲曲的，t 则变成了圆弧形。它们就像是耕犁的齿刃一样，每道犁出来的细线条都和新土一样甜美，但这道犁沟一直延伸到遥远的终点。他翻过信纸，目不转睛地盯着褐色的签名。他好不容易才把结语拼读出来，是用嘴巴挨个儿发声来拼字的。与此同时，灯芯草开始剧烈地左摇右摆，一股黑烟随之喷了出来，只听见那风呼呼地吹着。

两个半小时后我将与这个世界永别，所以我写下此信，以我心之血署名。

奥克尼的加文

“加文”的名字他拼了两次，然后咂了一下嘴。“我想，”他怀疑地大声嚷嚷道，“北方人是不是把这名字念成‘库丘兰’？这些古老的语言可不好说。”

他把信放下，走到沉闷的窗边，欢快地哼起了歌，歌名叫《金雀花，山丘上的金雀花》，现在记得这首歌的人已经不多了。它们和现代的歌词差不多，意思就是：

强壮的血依然，高地的心还在，
赫布里底群岛在我们的梦中闪现。

第十四章

同一股悲风呼啸着从国王位于坎特伯雷的大帐环绕而过。外面吵吵嚷嚷的，相比之下，里面则静悄悄的，给人一种祥和的感觉。大帐内的陈设华丽高贵,悬挂着王室挂毯——上面是乌利亚，仍处于被砍成两半的时期，卧榻上铺着厚实的毛皮，看上去暖烘烘的，烛光摇曳。这是天幕帐，和普通的帐篷不同。国王的锁子甲在后面的架子上，闪烁着幽沉的光芒。一只时不时大叫的粗野鹫鹰戴着头罩，像雕塑一样站在一根像是给鹦鹉用的栖木上，沉浸在祖先的噩梦中。瞧，那里有一只和象牙一样白的灵缇犬，蜷缩着躺在地上，尾巴卷曲成灵缇特有的镰刀形，正温柔地看着老人，眼神中充满了怜悯。床边放着一张华丽的珐琅棋盘，旗子是用碧玉和水晶制作而成的，最后的棋局是擒王棋。纸张飞得到处都是，秘书的桌子、阅读桌和几张凳子全都被盖住了——在这些枯燥的文件中，有政府文件（依然坚强地屹立着），有法律文件（处于编纂之中），还有当天的军需、军备文件和命令。一册翻开的厚重账本摊开着，下面压着一张便签，内容与兰恩的威廉有关——他是一名不幸的违纪者，犯了抢劫罪而被判处绞刑。而便签的边缘是秘书那端正的笔迹，是简洁的墓志铭：“吊”，非常契合这种悲剧的气氛。那张阅读桌被淹没在文件的海洋中，有请愿书和备忘录，多如牛毛，但都已经被国王裁定并签字了。在获得国王同意的文件上，有他亲手写的“批可”二字，但如果是他要驳回的请愿书，他会恭恭敬敬地写上“再议”，这是王室惯用的谦词。阅读桌和椅子一体成形，国王正无精打采地坐在那儿。他趴在文件上，把它们弄得乱七八糟的。他好像快死了，但事实确实如此。

先后发生在多佛和巴罕道的两场战役彻底将亚瑟击垮了。他的妻子沦为了阶下囚，老朋友遭到驱逐，儿子口口声声说要杀了他。加文下葬了，他的圆桌四分五裂，他的国家则战火纷飞。但只要他坚守自己的信念，这一切对他而言根本不算什么。很久很久以前，那时他还是一个叫小瓦的敏锐男孩,那位白胡子的睿智老人曾悉心地教导他。梅林告诉他，人可以让自己变得完美无缺；告诉他，总的来说，他是个好人，不是坏人；告诉他，美好的德行是值得拥有的；告诉他，这世上根本没有原罪这一说。在人性本善的假设下，那位老人将他培养成了一个以助人为使命的武器，把他变成了和巴斯德、居里或那位坚韧不拔的胰岛素发现者一样的人。“武力”是人性的精神疾病，与之对抗是他的使命。在梅林的精心调教下，亚瑟的圆桌、他对骑士道的信念、他的圣杯、他对司法正义的牺牲和奉献，慢慢迈出了先进革新的步伐。他就好比是一位为追踪癌症根源付出一生的科学家。强权——他要结束它——他要让人民过上幸福快乐的生活。但如果没有“人性本善”这个大前提，一切都不存在。

回顾过去，他觉得自己好像一直在和洪水作斗争，但不管什么时候去检查，总是会发现新决口，只能重新防堵。洪水其实就是“强权”。结婚之前，他崇尚的是以暴制暴（对付盖尔同盟时）的原则，最后却发现自己在错上加错，而这只会使问题变得更糟糕。但好在他最终将封建势力获胜的梦想击得粉碎。后来，为了让暴政的力量步入正途，他想用圆桌去约束它。他让信奉强权的人去救受压迫的人于危难之中，去行侠仗义——在他的指示下，他们拼命地镇压贵族的个人武力,和他镇压其他国王的武力一样。他们听从国王的命令，但随着岁月的流逝，目的达到了，他却仍然不是武力的掌控者。于是，他又有了一个想法：送他们去执行上帝的任务，去寻找圣杯。最后还是失败了，因为找到圣杯的人决定远离尘世，没有找到圣杯的人则很快就露出了真面目。最后，他好不容易想出了一个办法——制定使用武力的准则，用法律把它们捆死。他努力地编纂规范个人滥用武力的法则，这样就能用客观的国家司法约束司法的客观性。为了保证司法的客观性，他做好了充足的思想准备，让自己的妻子和好朋友成为牺牲品。此后，个人武力貌似受到了约束，强权主义却换了个样子，从他身后跳了出来——那是集体武力、群体暴力，还有许多拒绝接受个别法律的军队。他约束了单一个人的武力，却意识到，这些单一个人的武力其实是多数人的集体武力。他克服了谋杀，却不得不直面战争。任何法律都无法解决这个问题。

早年，他展开了对抗洛特和罗马独裁官的战争，目的在于推翻封建的战争协定，如猎狐和勒赎赌盘类似的事，为此，他引进了总体战的概念。而在他垂暮之年，相同的总体战争又找上门来；这是彻底的憎恨，是最新的敌对状态。

现在，国王闭着眼睛把额头靠在文件上，努力让自己无知无觉。因为，如果原罪真的存在，如果人性天生就是罪恶的，如果《圣经》里说的都是真的，人心都是狡诈而邪恶的，那么，他所谓的人生目标还有什么用呢？如果他试图移植骑士道与司法正义的对象是那些“持鞭者”，是“蛮人”而不是“智者”，那么，骑士道和司法正义就只能算是幼稚的想法。

而更糟糕的是，这想法后面还有一个念头，他不敢面对。也许人性根本没有善恶之分，人类只是一个毫无感觉的机器——人的勇气只是对危险的反射行为，和被针扎时自动跳起来没什么两样；也许这世界上根本不存在美德这回事——除非被针扎到时跳起来也算是一种美德，而人性只是一只机器驴子，跟在爱的铁制胡萝卜后面，在无意义的繁衍的驱使下踏车行走；也许武力是一种自然法则，是活下来的那些人必须遵守的法则；也许他自己……

然而，他无法继续深思下去。他敏感地察觉到，他两眼之间的某种东西正在萎缩，就在鼻子和颅骨相连的地方。他失眠了，他做了噩梦。天亮后，最后的决战就要开始了。还有很多文件等着他读或签，但他什么都做不了。他的头甚至无法离开桌面。

人到底为什么而战？

这个老人是个本本分分的思想家，不是天赋异禀的那种类型。现在，他疲惫不堪的大脑又陷入了一贯的回转：他已经和踏车行走的驴子一样，迈着沉重的步伐在那些磨耗过度的道路上走了好几千次，却还是一无所获。

到底是邪恶的领导者率领无辜的群众走向杀戮，还是邪恶的群众按照自己的意愿选出领导者？乍一看，似乎没有哪个领导者有逼迫几百个英格兰人改变想法的本事。打个比方，如果莫桀想让英格兰人都穿上衬裙，或者要他们全部倒立，他们就一定不会加入他的阵营吗？可以肯定的是，他的诱因再巧妙、再有说服力、再狡诈，或者再令人敬畏，他们都不会加入。领导肯定会为自己的手下提供某种具有吸引力的东西吧？也许，他只是推了这座即将崩塌的高楼一把，但谁能保证,这座高楼倒塌之前早就已经摇摇欲坠了？如果是这样，战争就不是一群邪恶之人率领清白无辜的温和人民而导致的不幸，而是民族运动，起源更深刻、更幽微。事实上，他并不认为是他或莫桀带领国家走向悲惨境地的。要是带领国家往哪个方向走和牵绳遛猪一样简单，他将国家带往骑士道、带往司法正义、带往和平之途的愿望为什么会落空呢？为了实现这些目标，他一直在不懈地努力着。

再者（这是第二个循环），这和地狱一样——如果导致这场悲剧的不是他或莫桀，那又会是谁呢？战争到底是因何而起呢？因为每一场战争都与之前的故事有着千丝万缕的联系。从莫桀到摩高丝，从摩高丝回溯到尤瑟·潘德拉贡，然后再回溯到他的祖先，就像是该隐杀了亚伯后盗取了他的国家，然后，亚伯的后人想夺回祖先的财产。就这样，人们深陷复仇的泥潭而无法自拔，最后的结果当然是两败俱伤，但谁都无法逃开。而导致现在这场战争的，罪魁祸首可能是莫桀，也可能是亚瑟自己，也是那几百万名“持鞭者”，蓝斯洛、桂妮薇和加文等人都脱不了干系。用剑之人毕竟面临死在剑下的结局。不管是谁，如果拒绝原谅过去，人生必将画上悲伤的句号。而既往不咎，是矫正尤瑟和该隐的罪行唯一的办法。

姊妹、母亲和祖母，一切都来源于过去！一个世代所做的事，也许都可以在另一个世代中导致无法预估的后果，所以就算是一个小小的喷嚏，也会像对池塘投出一块石头，涟漪可能会打在最远的塘岸上。什么都不做，面对任何事都不拔剑，把自己当作一块没有丢出去的静止不动的石头，这大概就是人唯一的希望。但说实话，这太可怕了。

公理是什么？不义又是什么？作为与不作为的区别何在？这位年迈的国王在心里想，如果时光能回到年轻的时候，我肯定会藏进僧院，这样就不用担心做错事而导致灾祸了。

首先要做到既往不咎。如果明明知道一个人的作为、一个父亲的作为会导致无休无止的、血淋淋的“作为”，果断地把过去抹消，创造新的开始才是正确的做法。人必须做好准备，说：“该隐是不义的，但如果我们想拨乱反正，唯一能做的就是接受现状。土地被劫掠、人民遭杀戮、国家被蒙羞，已是不争的事实，而现在，最明智的想法莫过于遗忘过去，重新开始，而不是走走停停。如果谁想用冤冤相报的方式创建美好的未来，那简直就是在做梦。让我们亲亲热热地坐在一起，接受上帝恩赐的和平吧。”

人们的确说过这样的话，而且每次战争都要说同样的话，这是不是挺不幸的？他们每次都说，这次战争是最后一次，人间乐土即将到来。重建前所未见的新世界是他们一直以来的梦想，但当机遇砸到他们头上时，他们突然就变成了傻瓜。他们就像是一群嚷嚷着要盖房子的小孩，真要盖的时候，却不知道如何下手，甚至连挑选正确的材料都不会。

老人的思路变得越发艰难。它们只是带着他不停地在原地兜圈子，哪里都去不了，但他早已习惯了这种周而复始的生活，所以根本停不下来。他进入另一个回圈。

也许和约翰·鲍尔说的一样，战争的根源其实就是私有财产。“英格兰的路走错了，”他说，“但它不撞南墙不回头，直到一切变成人们的共有财产才罢休。那时，再也没有农奴和贵族之分。”战争也可能因人们的说法而起，因为他们开口闭口都是“我的”国家、“我的”妻子、“我的”爱人、“我的”东西，这种想法在他、蓝斯洛和所有人心中根深蒂固。也许，人们不愿意和别人分享，想要独占的那一天就意味着战争的开始，就算那是荣誉和灵魂也一样。野狼会因为饥饿而攻击肥美的驯鹿，穷人会抢劫银行家，农奴会试图推翻上流阶级，穷国会和富国打仗，也就是说，战争可能只会发生在拥有某种东西和没有那种东西的人之间。在与之对抗之前，你首先要认清的一个事实是：谁都无法说清楚什么叫“有”，打个比方，穿着银铠甲的骑士碰到穿着金铠甲的骑士时，会毫不犹豫地说自己“没有”。

但是，他认为，不管“有”应该如何定义，我们暂且假设它就是问题的症结所在吧。

我有，但是莫桀没有。他推翻了这个自相矛盾的想法：说莫桀或我是这股风暴的始作俑者有失公允。里面的原因错综复杂，我们就算是首脑，也只是虚名。这些力量似乎隐藏在一种脉动之下，好像社会的架构中原本就存在一股脉动。现在，莫桀被无数人推着跑却无从选择；那些人信任的可能是约翰·鲍尔，希望以万物平等为幌子而取得权力，去支配同胞，也可能他们在动荡中找到了提升自身力量的机会。这股脉动似乎从下层而来，包括鲍尔和莫桀手下那些拼命往上爬的落水狗，因无法成为圆桌骑士而怨恨的骑士，想发家致富的穷人，以及极度渴望权力的人。而我的手下正是那些身为领袖的骑士（他们只是把我当成权威模范和幸运符），他们拥有相同的身份：他们都是富人，都想捍卫自身财产，生怕权力有朝一日会离他们而去。这是一场“有”和“没有”的角逐，是一场人民之间的疯狂斗争，与领袖间的冲突无关。但我们姑且把这部分放在一边，先假设这个不明确的概念是真的，即战争的根源在于“有”。这样的话，拒绝拥有任何东西就是最好的做法。正如罗契斯特所说，这是上帝的忠告。这世界上什么样的人都有，既有受到仇视威胁的富人，也有兑币人。所以教会应尽量远离世俗的悲伤；所以，罗契斯特说，所有的国家阶级和个人拼命地嚷嚷着：“我的，我的。”教会却得到了这样的指示：“我们的。”

如果是这样，这就超出了共享财富的范畴，应该是共享一切，包括思想、感觉和生命。上帝告诉人们，他们不能以个人的方式生活。他们必须将自己的生命融入整个社会，就像滴水汇入河流。上帝说，要想在平和中死去，进入天国，唯有抛弃嫉妒之心、抛弃个人不值一提的快乐与悲伤。要想救自己的生命，首先必须丢掉生命。

然而，这颗年老的白色脑袋中有某种东西让他对上帝的观点产生了怀疑。大家都知道，没有子宫，就不存在子宫癌。彻底而猛烈的治疗可以将一切切除得干干净净，包括生命在内。忠告再理想，如果没有人遵循，也会变成一句空话。将尘世变成天堂又有什么用呢？

另一个已经磨耗的回圈转到他眼前。也许，战争是因为恐惧：恐惧信赖。除非这世上有真相，而且人们说的都是真相，否则自身以外的一切都是不安全的。你对自己说的话都是真的，但你无法百分之百地相信邻居。就是因为这个不确信定性，你把邻居当成了威胁。无论如何，这是蓝斯洛对战争的解释。他一直认为，一个人所说的话是他最宝贵的财产。可怜的蓝斯，他违背了自己的承诺：但不管怎么样，这世上像他那么好的人已经不多了。

或许战争之所以发生，是因为那些国家对彼此的承诺充满怀疑。他们害怕，所以才会对战。国家和人一样，也会有自卑和优越之分，也会想要报复，也会心生恐惧。把国家拟人化是符合情理的。

怀疑与恐惧、拥有与贪婪、对先辈恩怨的愤怒，这些好像都是战争的一部分，却都无法解决问题。他看不到解决问题的真正方法。他太老、太疲倦、太悲伤了，做建设性的思考对他来说已经不再容易。他只是个心怀善意的人，在那位拥有某种人性弱点的古怪法师的鞭策之下开始思考人生。而司法正义是他最后的努力，他对自己只有一个要求——坚决不做不义之事，最后却以失败而告终。这实在是太难了。他太累了，筋疲力尽。

亚瑟抬起头，证明他还有力气。他浑身上下散发着简单的庄严色彩，在他心中，某种东西会永远屹立不倒。他坐直身子，把手伸向铁铃。

“见习骑士，”他说。小男孩一边快步走进来，一边用指节揉着眼睛。

“大人。”

国王看着他。就算是在他最困难的时候，他照样能注意别人，目光特别容易被新来的人或表现得体的人所吸引。和受伤后躺在帐篷里的加文相比，其实他更需要安慰。

“可怜的小家伙，”他说，“你怎么还不去睡觉啊？”

他一脸关切地看着那个男孩，看上去有些紧张，又有些空乏，他已经很久没有见过这种少年特有的天真和笃定了。

“喏，”他说，“你能帮我把这张便签给主教吗？如果他睡了，就算了，千万别吵醒他。”

“大人。”

“谢谢你。”

那个朝气蓬勃的小家伙刚走，就又被他叫了回来。

“嗯，见习骑士？”

“是的，大人。”

“你叫什么名字？”

“汤姆，大人。”少年有礼貌地回答道。

“你来自哪里？”

“华威附近，大人。”

“华威附近。”

老人努力地在脑子里搜寻那地方的模样，仿佛它是地上天堂或曼德维尔笔下的国家。

“那是一个非常漂亮的地方，叫纽伯雷维尔。”

“你多大了？”

“十一月就满十三岁了，大人。”

“抱歉，我让你整夜都不能睡觉。”

“不，大人，在马鞍上睡也挺好的。”

“纽伯雷维尔的汤姆，”他用惊奇的语气说，“我们好像牵连了很多无辜的人。快说说，汤姆，明天你打算怎么办？”

“我要上场打仗，大人。我有一把好弓。”

“你是不是要用这把弓杀人？”

“没错，大人。而且，我希望杀的人越多越好。”

“万一他们来杀你呢？”

“只能一死了，大人。”

“我明白了。”

“我现在可以去送信了吗？”

“不，再等等。我憋了一肚子的话想和人聊聊，但我的脑子里就像是一堆糨糊。”

“来杯葡萄酒，怎么样？”

“算了，汤姆。坐吧，试着听我说。把凳子上的西洋棋拿走。听别人说话时，你都能听懂吗？”

“是的，大人。我的理解能力一向很强。”

“那么，如果我想要你明天去打仗，你能听懂吗？”

“我想去打仗。”他断然地说。

“不是只有你，所有的人都想打仗，汤姆，但其中的原因无人知晓。如果我叫你不要去打仗，就当作国王格外开恩，你会答应吗？”

“当然，我一定会听从您的命令。”

“好吧，在这里坐一会儿，听我讲个故事。我老了，汤姆，但是你还年轻，我希望你老的时候可以告诉别人这个故事。你懂我的意思了吗？”

“是的，大人，听明白了。”

“从前有一个叫亚瑟王的国王，也就是我。他登上英格兰王座时，发现国王和贵族都发疯似的你争我抢、彼此厮杀。而且，他们非常有钱，都是穿着昂贵的铠甲上战场的，所以他们到处烧杀劫掠，任意妄为，无人可以阻挡。他们信奉武力就是一切的原则，所以做了很多坏事。现在，这个国王有了个新主意：如果人不得不使用武力，就应该好好利用它，要让它成为正义的代表，而不是为武力而武力。这一点非常重要，一定要记住，孩子。他觉得，如果他能让他手下的贵族为真理而战，锄强扶弱，他们的争战就不会那么糟糕。因此，他把他认识的那些真诚仁慈的人召集在一起，为他们披上铠甲，赐予他们骑士的封号，将他的意志灌输给他们，让他们在圆桌旁坐下。那是一段快乐而难忘的时光，他们一共有一百五十人，而亚瑟王为他的圆桌付出了一切。它是他最大的骄傲，他对它的热爱远甚于对爱妻的感情。他的新骑士四处游历，杀死食人魔、拯救少女、救出可怜的囚犯，努力地使世界朝正确而美好的方向发展，这样的情景一直持续了很多年。国王就是这样想的。”

“那个想法不是很好吗，大人？”

“是，也不是。也许只有上帝知道。”

“国王最后怎么样了？”就在故事似乎要中断的时候，孩子问道。

“由于某些原因，事情的发展偏离了方向。圆桌分裂，一场苦斗开打，大家都死了。”

男孩信心十足地插嘴道。

“不，”他说，“根本不是你想的那样。国王赢了。我们一定会赢。”

亚瑟微笑着摇了摇头。现在，真相才是他唯一感兴趣的。

“大家都死了，”他重复了刚才的话，“只有一名见习骑士侥幸存活。我知道我在说什么。”

“大人？”

“这名见习骑士就是年轻的汤姆，他从华威附近的纽伯雷维尔而来。虽然和让年迈的国王蒙受了奇耻大辱，但在战争前夕，他还是把他遣走了。很明显，国王想让那个人留下来，就是那个记得他们伟大想法的人。他原本打算让汤姆回到纽伯雷维尔，在华威郡过着和平、宁静的日子——当然，国王还有个私心，希望他把这个古老的想法告诉所有愿意聆听的人，把他们两个曾经都认为棒极了的想法告诉那些人。汤玛斯，为了取悦国王，你可以做到这点吗？”

孩子的眼睛里闪烁着纯真的光芒，真诚地说：“我愿意为亚瑟王做任何事。”

“真是个勇敢的好孩子。听好了，老兄。千万不要把那些厉害人物弄混了。对你敞开心扉的是我，命令你立刻骑马去华威郡且打仗时不能带弓的也是我，是同一个人。这些你听清楚了吗？”

“是的，亚瑟王。”

“你愿不愿意保证，以后会珍惜自己的生命？你愿不愿意记住，你就像一艘承载着这个想法的小船，发现情况不妙时，所有希望都由你的生命能否继续而决定？”

“当然会。”

“我这样利用你，是不是太自私了？”

“在您卑微的见习骑士看来，这其实是一项荣誉，大人。”

“汤姆，我对这些骑士的想法就像是一根蜡烛，喏，就是我们看见的这些。它已经跟了我很多年，我一直小心地呵护它，风吹不到，雨淋不到。它经常左摇右摆。现在，蜡烛就交给你吧，你不会让它熄灭吧？”

“放心吧，它一定会继续燃烧的。”

“好汤姆。带着光亮的人。你说几岁了？”

“马上就要十三岁了。”

“也就是说，你或许会为此付出六十多年宝贵的时光。那可是半个多世纪啊。”

“我会把它传给别人的，国王，传给英格兰人。”

“你是不是会在华威郡对他们说：啊，他有一根非常美丽的蜡烛？”

“没错，伙计，我一定会的。”

“那么，啊，汤姆，你必须立刻出发，带着你所能找到最好的小马走吧，从后面去华威郡。伙计，那是不是杓鹬？”

“好的，伙计，放心好了，蜡烛会继续燃烧的。”

“好汤姆，愿上帝保佑你。离开之前，记得把信交给罗契斯特主教。”

小男孩跪下来，亲吻了主人的手——他穿着一件崭新的外衣，新得似乎有些可笑，上面的马洛礼家的纹章图记非常醒目。

“我英格兰的王。”他说。

亚瑟温柔地把他扶了起来，吻了一下他的肩。

“华威的汤玛斯爵士。”说完，那男孩就离开了。

华丽的茶色帐篷又变得空荡荡的。风声鹤唳，烛影闪烁。已到垂暮之年的老人坐在阅读桌边，静静地等待着主教。现在，他又趴在了纸页上。摇曳的烛光就像是熊熊燃烧的鬼火；灵缇看着他的时候，倒映烛光的双眼就像两个带着散发着野性光芒的琥珀杯。莫桀的大炮整夜按兵不动，为了清晨之战蓄势待发。现在炮弹已经落下，在外面发出了轰隆隆的巨响。国王放弃他最后的努力，忍不住开始伤心。甚至当访客拉起帐篷垂暮时，他沉默的眼泪仍然沿着鼻子滑落在羊皮纸上，发出规律的嘀答声，就像一座古老的时钟。他转过头去，正怕对方看到，他再也不能表现得更得体。垂幕落下，有个奇怪的身形轻轻地走了进来，好像是戴着斗篷和帽子。

“梅林？”

但其实，那里一个人都没有，他只是在睡梦中见到了他。

“梅林？”

他再次开动脑筋，但这次，他的思路又变得和往常一样清晰。他想起教导他的那名老法师，就是那个用动物教育他的人。他隐约记得，这世上的动物总共有五十万种，而人类只是其中一种。当然，人是动物——肯定不是植物或矿物，你说呢？从梅林身上，他学会了很多与动物有关的事，而且，一个物种可以通过观察几千个物种的问题来学会一些东西。那些作出国界宣告的好战的蚂蚁，还有那些没有划出疆界的野雁，也闯进了他的脑海里。他还想起了从獾那学到的一课，还有鹧鸪和迁徙时遇到的岛；在那座岛上，所有的海鹉、刀嘴海雀、海鸥和三趾鸥相处和谐，它们不用宣战，就保留了自己的文化，因为对它们而言，没有疆界这一说。如今，他一眼就能看出眼前的问题，和看地图一样清楚直接。战争最奇妙的地方在于，它是为了子虚乌有之事而——确实是子虚乌有。国界不过是一条想象出来的线而已，压根儿就不存在。苏格兰和英格兰之间的界线根本用肉眼看不到，却成为福罗登之役和班诺本之役的起因。真正的原因必须归于地理学——政治地理学。此外，别无其他。国家之间就像海鸥和海鸠那样，既不要求文明是一致的，也不要求领导人是一致的，只要能各自拥有贸易的自由、通行的自由、外出的自由，能和爱斯基摩人和霍屯督人一样保留各自的文化就行了。国家还是国家，却拥有保留固有文化和当地法律的权利。至于地表上那些本不存在的线，别再去想象就可以了。空中的鸟很自然地忽略了它。对鹧鸪来说，国界这种东西简直太疯狂了，如果人能像鸟一样飞行，肯定也会有这样的想法。

老国王顿时变得神采奕奕，似乎已经做好了再次开始的准备。

会有那么一天——早晚会有那么一天——当他带着新圆桌回到格美利，那张圆桌会和这个世界一样没有棱角——那张圆桌变成国家之间的疆界，他们可以和和气气地坐下来，举行宴会。而只有文化，才能打造这样的圆桌。如果能够说服人民学会读写，而不是除了吃饭之外什么都不会做，就还有让他们变得理性的机会。

但这时已经来不及做另一项努力了，因此他不是面对死亡，或者像某些人说的那样，被带到亚法隆，眼巴巴地期待着更好的时代；蓝斯洛会受到削发的惩罚，桂妮薇会戴上修女头巾，莫桀则必然会掉脑袋。在波光粼粼的万丈碧波中，个人的命运顶多只能算是滴水，虽然是一滴善良的水珠。

在一个灰暗的早晨，叛军的大炮开始轰隆隆作响，英格兰之王起身，平和地迎接未来。